femminile
SINGOLARE

collana diretta da Sara Rattaro e Anna di Cagno

Simona Capodanno

Ruth Handler

La rivoluzione di una bambola

MORELLINI EDITORE

by Enzimi Srl
via Porro Lambertenghi, 7 - 20159 Milano
Sede Genova: Via Domenico Fiasella, 59R
tel. 02/87383764
www.morellinieditore.it
facebook.com/MorelliniEd
instagram.com/morellinieditore

Immagine di copertina: Barbara Uccelli
Grafica e impaginazione di copertina: Enrico Guida

ISBN: 979-12-5527-209-0
Data di pubblicazione: novembre 2024
Stampa: Rotomail S.p.A. – Vignate (MI)

«Solo i bambini sanno quello che cercano»
disse il Piccolo Principe.
«Passano del tempo con una bambola di pezza,
che allora diventa importantissima.
E se qualcuno gliela porta via, piangono.»
Antoine de Saint-Exupéry

Era solo una bambola rotta che sognava un ragazzo con
la colla che si innamorasse di lei.
Atticus

Little girls just want to be bigger girls.

Ruth Handler

Prologo
La mia mentore

Estate 1963

Era bellissima.

Ma che dico, era perfetta. I lunghi capelli biondi erano raccolti in una impeccabile coda di cavallo, che metteva in evidenza il viso angelico dai lineamenti di porcellana. Gli occhioni azzurri erano truccati con sapienza, così come la bocca a cuore, che spiccava con il suo rosso vermiglio sull'incarnato di alabastro. La figura statuaria era avvolta in uno strabiliante costume da bagno zebrato, uno scicchissimo abbinamento di bianco e nero che esaltava le sue forme generose e il suo vitino di vespa. Le gambe erano lunghissime, meravigliose, affusolate e un paio di eleganti sandaletti neri col tacco ne esaltavano l'unicità. Sulla scollatura del costume portava infilato un paio di occhiali da sole con la montatura bianca a forma di occhi di gatto. Quando li indossava le davano un'aria misteriosa, in grado di aumentare in maniera esponenziale quel carisma innato che si accompagnava a tutta la sua persona.

«In Italia non la conosce ancora nessuno» mi disse tutto contento mio padre, che era rientrato durante la notte da uno dei suoi viaggi di lavoro a Los Angeles e aveva stampata sul viso quell'aria soddisfatta di quando ci rivedeva dopo una lunga assenza e si gustava i nostri faccini di bambini felici per il suo abbraccio rassicurante e per i regali che ci portava. A mio fratello Alessandro, che aveva otto anni, quella volta era toccato un guantone da baseball, che lui desiderava da tanto tempo: ne fu talmente eccitato che nel giro di due ore gli venne la febbre. Lo aveva scartato strappando l'involucro che lo conteneva con quel suo impeto focoso da maschio forzuto che ogni volta mi faceva arrabbiare, perché invece io, pur essendo più piccola di lui di due anni, avevo tutto un altro stile e amavo gustarmi l'attesa di quei pochi attimi che mi separavano dalla visione dell'oggetto che papà mi aveva portato.

Il pacchetto che mi aveva depositato tra le mani quella mattina aveva una forma rettangolare, stretto e lungo, molto simile a quello che aveva dato a mia madre e che lei si gingillava tra le mani, aspettando di aprirlo dopo di me. Fu certamente questo che mi mandò in confusione. Quando tolsi il fiocchetto e la carta rosa e scoprii la scatola di cartone, mi sembrò qualcosa di magico: c'erano raffigurate nove donne straordinariamente eleganti, delle indossatrici di una bellezza solare, vestite finemente con abitini da passeggio, da ballerina, completi da sera, spolverini e perfino una in costume da bagno. C'erano anche delle scritte sulla scatola, ma io ancora non sapevo leggere bene e decisi di soprassedere. Anche perché le figure erano talmente belle e alla moda che indugiai su ciascuna per diversi minuti, causando una specie di crisi di nervi a mio fratello, che voleva a tutti i costi vedere il contenuto della scatola. Una volta tolto il coperchio, la visione di quella signorina in formato mignon col costume zebrato mi sconvolse il cervello. Cos'era? Di certo non una bambola. Io di bambole ne avevo tante, di tutti i tipi, ma o erano bambolotti che rappresentavano neonati più o meno simili a bambini veri, o erano bambine come me, solo di dimensioni più piccole. Ma questa era qualcosa di completamente diverso e di mai visto: era una donna. Piccola, sarà stata non più di trenta centimetri, di plastica, come tutte le mie bambole, ma rappresentava una persona adulta.

«Mamma!» dissi ridendo, «papà si è sbagliato, ha dato a me il tuo regalo e tu hai il mio!». Eh, certo, nella mia testolina avevo fatto in fretta due più due e avevo pensato che quella donna adulta fosse una sorta di manichino in miniatura per mia madre, che lei avrebbe con ogni probabilità usato per dare alla sua sarta le indicazioni quando si faceva i vestiti su misura.

«Ma no tesoro» rise mio padre. «Cosa dici, nessun errore! Alla mamma ho portato un profumo. Questa è per te: è la Barbie, la nuova bambola che sta avendo un successo enorme in tutti gli Stati Uniti! Si chiama Barbie, vedi? È scritto sulla scatola: *Teen age fashion model,* è una bellissima ragazza e fa la modella. In America le bambine giocano tutte con questa oramai!»

Non so se il messaggio mi fu chiaro all'istante, forse allora ero ancora troppo piccola per capire che quella che avevo tra le mani non era un semplice giocattolo arrivato da oltreoceano, ma una rivoluzione che avrebbe cambiato radicalmente il concetto stesso di bambola e di gioco al femminile e che avrebbe attraversato decenni di gloria e di tormento, diventando l'oggetto dell'amore di milioni di bambine, di migliaia di collezionisti, osannata da generazioni di fanciulle e condannata da chi vedeva in lei un modello di perfezione irraggiungibile e, pertanto, foriero di un messaggio falso e pericoloso. La Barbie, un successo stellare che avrebbe arricchito oltre ogni più rosea aspettativa i suoi inventori e che sarebbe diventata un'icona globale della quale avrebbero parlato e scritto tutti, saggisti, sociologi, antropologi, filosofi, segno di ammirazione incondizionata, poi di critica sistematica col mutare dei tempi, per assurgere infine a simbolo di un femminismo ritrovato.

Certo, a sei anni io non potevo capire tutto questo, non sapevo che nei decenni a venire il motto di Barbie "*You can be anything* – Puoi essere tutto" avrebbe dato coraggio a milioni di bambine e di ragazze che, sulla scia dei suoi successi nel mondo fatato delle bambole, avrebbero visto in Barbie una vera e propria mentore. Non potevo saperlo, ma per me fu così: quella giovane adulta divenne la mia inseparabile amica, la mia confidente, nel corso degli anni le sue versioni più moderne, che si affacciavano con successo alle professioni più disparate, mi dettero il la per sognare e lottare, per raggiungere infine tutto quello che lei, con il suo motto, mi diceva essere possibile.

Grazie alla mia Barbie decisi di diventare tutto quello che volevo. E lo divenni.

1
L'intervista impossibile

Estate 2000

Bud

L'aereo sarebbe atterrato di lì a poco e io non stavo più nella pelle.

E non perché ero in procinto di mettere piede a Los Angeles: la conoscevo bene, la Città degli Angeli, c'ero stata già diverse volte per lavoro, avevo seguito alcune inchieste sulla percezione che negli Stati Uniti si aveva del mercato italiano e avevo intervistato anche alcuni attori americani, in quel periodo in cui per le nostre pubblicità andavano tanto di moda i testimonial famosi. Le star di Hollywood accettavano di buon grado di reclamizzare i nostri prodotti, preferivano mercificare il proprio volto all'estero, guadagnando milioni a vagonate, senza svendersi a casa loro.

Avevo conosciuto l'affascinante Harrison Ford, il mio mito dai tempi di Indiana Jones, che aveva legato la sua immagine tanto nota a un'automobile italiana, ero riuscita a intervistare Sharon Stone, la scandalosa diva di *Basic Instinct*, mentre si trovava sul set di uno spot di una banca. Di recente ero riuscita perfino a incontrare Catherine Zeta-Jones, bellissima e carismatica, anche lei protagonista di una pubblicità di casa nostra, che aveva accettato di girare una scena alquanto rischiosa benché fosse incinta del primo figlio, Dylan, avuto con Michael Douglas.

Non dico che fossi proprio di casa negli States, ma grazie al lavoro di mio padre prima, e grazie al mio più tardi, c'ero stata una mezza dozzina di volte e sempre, per questioni affettive ma anche di comodo, mi ero appoggiata alla casa dello zio Bud. Non era veramente mio zio, Bud, era un cugino di mia madre, figlio di una sorella di mia nonna che si chiamava Faustina e che, insieme al marito Dante e al primo figlio Armando, era emigrata in America negli anni Quaranta, nel dopoguerra, stabilendosi a San Francisco. Rimasta vedova, Faustina si era risposata con un signore di Los Angeles e dalla loro unione era nato Bud. Mia madre gli voleva molto bene, si vedevano tutte le estati e io avevo preso a chiamarlo zio, vantandomi con le mie compagne di scuola di avere il famigerato ricchissimo "zio d'America".

Anche perché lui ricco lo era veramente. Era stato per una vita un alto manager dell'Università Berkeley, dividendosi tra San Francisco, dove lavorava, e Los Angeles, dove era nato e dove aveva la casa di famiglia. Ora era andato in pensione, stabilendosi definitivamente in una splendida villa sulla spiaggia di Malibu, dove si godeva un'esistenza dorata, fra partite di tennis e tornei di golf, assaporando la gioia di vivere in uno dei luoghi più belli ed esclusivi del mondo, circondato da gente ricchissima, amici influenti e donne stupende, con le quali si intratteneva spesso e volentieri, essendo rimasto vedovo da alcuni anni. I suoi due figli, Mark e Dawn, erano oramai grandi e vivevano per conto loro e lui poteva concedersi quelle che definiva "affettuose amicizie". Sportivo e sempre abbronzato, aveva un grande successo ed emanava quel fascino tipico di chi è consapevole di sé stesso, ma non ha alcun bisogno di vantarsene. Insomma, avevo uno zio figo e non vedevo l'ora di riabbracciarlo.

«Chi devi intervistare questa volta?» mi chiese mentre guidava disinvolto la sua Ford Mustang gialla verso casa. Mi aveva accolta come al solito con un sorriso da mille denti, straordinariamente kitsch nella sua camicia hawaiana e bermuda arancioni. Dall'ultima volta che lo avevo visto, oramai erano quasi due anni, non era invecchiato di un'ora, sempre atletico e abbronzato. Era rientrato fresco fresco da un torneo di beach volley a Honolulu, sulla spiaggia di Waikiki, e ne era rimasto entusiasta, benché la sua squadra di pensionati scapoli avesse perso contro quella di pensionati ammogliati. "Le consorti facevano un sacco di tifo" era stata la sua spiegazione di quella *débâcle* che, però, non gli aveva minimamente rovinato il soggiorno in quel luogo di favola.

«Questa volta non devo intervistare un attore, zio e, ti dirò, non sono qui nemmeno per conto del mio giornale. È una cosa diversa, si tratta di un fatto personale.»

Ne fu stupito: tutte le volte che ero stata sua ospite ero sempre arrivata in veste di inviata speciale della rivista per la quale lavoravo oramai da molti anni, «Hello People», un nome americano per una realtà decisamente italiana, anzi milanesissima. Le sue editrici, le ricchissime sorelle Solani, eredi di una storica casata meneghina, l'avevano fondata quasi per gioco negli anni Ottanta e, come tutte le cose che toccavano, anche questa avventura editoriale si era trasformata in oro, regalando alle due fama e introiti da sogno. Io ero arrivata per un colloquio nella loro prestigiosa sede in via della Spiga, la centralissima via della Milano che conta, appena terminati gli studi, neolaureata in Lingue e letterature straniere alla IULM, con una incontenibile voglia di scrivere e di farmi largo nell'affascinante mondo del giornalismo di costume.

«Amanda Cesari»: avevano pronunciato il mio nome all'unisono, lentamente, cercando di capire se potesse funzionare o meno. Poi Carla, la maggiore, si era rivolta a Franca, la sorella minore: «Il nome è perfetto, Amanda, mi piace, contiene il verbo amare, che non è criticabile... Ma sul cognome ho delle riserve, troppo comune. Che ne dici?». Franca aveva annuito, aveva bevuto un sorso del suo caffè lungo americano, con una spruzzata di latte di soia e un'ombra di cannella, poi aveva sentenziato: «Sì, lo trasformerei in Caesar, con il dittongo latino pronunciato per esteso. Ecco, così è perfetto. Benvenuta Amanda!».

Ero stata assunta senza prova, le *sisters* erano molto decise nelle loro convinzioni e convinte nelle loro decisioni: avevo iniziato a firmare articoli di moda, costume, cinema, ero diventata ben presto la loro inviata di fiducia all'estero conoscendo bene le lingue, e da allora ero stata per tutti e ovunque Amanda Caesar, con il dittongo latino pronunciato per esteso.

«Insomma, me lo dici o no chi devi intervistare?» mi incalzò Bud, curioso. Intanto eravamo arrivati nella sua splendida villa sulla spiaggia di Malibu, che ogni volta mi provocava quello stesso senso di meraviglia che mi aveva colpita la prima volta che l'avevo vista. Era una costruzione semplice ma funzionale, su due piani, con una magnifica terrazza che dominava il panorama e una scaletta di legno che portava direttamente sulla spiaggia. Mentre facevi colazione, potevi goderti le performance sportive dei surfisti che cavalcavano le onde dell'oceano e, concentrandoti, potevi condividerne la sensazione di appartenenza a quella natura incontaminata e accogliente, potevi quasi percepire il fresco di quel mare spumeggiante sulla pelle e trarne un beneficio indimenticabile, da riportare indietro una volta tornati a casa. Era bello essere lì.

«Devo intervistare Ruth Handler. Ma non sarà una cosa semplice» risposi.

«Chi? Chi sarebbe questa Ruth? Mai sentita. Abita da queste parti?»

Lo sapevo che avrebbe reagito così: quel nome è sconosciuto ai più, eppure basta un nulla per trasformarlo in uno dei più famosi del mondo. «Sì, abita a Los Angeles, anzi proprio qui, a Malibu. E... Ruth Handler è l'inventrice della Barbie.»

Bud sgranò gli occhi: «Ah, caspita! Ne avrò comprate almeno un centinaio di Barbie solo a Dawn, quando era piccola. Più tutte quelle alle sue amichette varie. Deve essere una donna molto ricca, questa Miss Barbie! E anche bella attempata. La Barbie esiste da sempre».

L'analisi era precisa: che Ruth Handler fosse ricchissima era un fatto indubbio e riguardo all'età... be', quella di una signora non dovrebbe mai essere svelata, ma aveva superato l'ottantina. «E perché dici che non sarà una cosa semplice? Vuoi dire che non è già tutto organizzato?»

Non era organizzato proprio un bel niente. Anzi. Da

quando mi era scattata quella molla, quel desiderio incontenibile e improvviso di conoscere Ruth, tutti i miei tentativi di avvicinarla si erano infranti contro il muro di protezione che circondava la sua figura leggendaria. "La Signora Handler non concede interviste, ci mandi le sue domande e saremo lieti di risponderle", "Il nostro ufficio relazioni con il pubblico potrà darle tutte le informazioni del caso", "Si rivolga all'ufficio stampa che le fornirà una cartella con la biografia della Signora", "Mrs. Handler è anziana e non rilascia più da anni alcun tipo di dichiarazione" e via dicendo. Avevo scritto mail di ogni genere a ogni indirizzo possibile, ma niente da fare. Ecco perché mi ero risolta a intraprendere quello che per me era diventato un viaggio della speranza, perché ero sicura che solo con un contatto diretto avrei potuto convincere qualcuno a lei vicino che doveva assolutamente ricevermi. Ero certa che, se solo avessi potuto rivelare a Ruth il motivo per cui avevo fatto tanta strada per incontrarla, avrebbe accettato di confidarsi con me e raccontarmi la sua splendida avventura di vita.

«Ma perché ci tieni così tanto a conoscerla, se non è per lavoro? Che c'entri tu con questa Ruth?»: il dubbio di Bud era più che legittimo. Ma non volevo entrare troppo nei particolari con lui. Non ero certa che avrebbe capito i tormenti di una giovane fanciulla di belle speranze quale ero stata io anni prima: era un uomo, era bello e aveva avuto una famiglia ricca alle spalle. Aveva potuto studiare, scegliere quello che più gli piaceva, si era trovato nei posti giusti nei momenti giusti, più e più volte, aveva avuto una vita di successi e intrecciato relazioni importanti che gli avevano aperto porte che per la maggior parte dell'umanità risultano invalicabili. Sarebbe stato difficile per lui mettersi nei panni di una ragazzina che deve scegliere la sua strada e sa che sarà molto probabilmente un percorso in salita, pieno di tutti quegli ostacoli che deve affrontare una donna che si fa largo in un mondo di uomini.

Perciò rimasi sul vago: «Sai, ho giocato tanto con le Barbie, mi sono incuriosita e ho cercato la storia della loro inventrice, senza però trovare nulla di soddisfacente. Spero di riuscire a intervistarla e proporre una serie di articoli alla mia rivista, dato che in Italia non la conosce praticamente nessuno. Non volevo parlare di questo scoop alle mie direttrici prima di essere certa di riuscirci. Sembra che la signora Handler sia inavvicinabile».

Bud corrugò la bella fronte, poi alzò il sopracciglio destro che era un suo vezzo diabolicamente affascinante e che gli aveva spianato la strada in molte delle sue conquiste femminili. «Forse posso aiutarti io» fu la replica del mio adorato zio. Proprio la risposta che mi auguravo di sentire da lui.

Ludovico, il parrucchiere italiano

«Si chiama Malcom Bogdanovic» mi disse Bud, sorridendo. «Giochiamo insieme a golf. Ha diverse società sparse in tutta la California e anche all'estero, non chiedermi di cosa si occupi, perché non me lo ricordo assolutamente. So solo che un tempo non aveva il becco di un quattrino e ora invece è ricco sfondato. E sua moglie, che poi è la sua quarta moglie, va dallo stesso parrucchiere di Barbara Handler. Anzi, sono pure amiche.»

Ero sbigottita: «La figlia di Ruth! Quella che le ha ispirato la Barbie! Ma come hai fatto, zio?».

«Come ho fatto, come ho fatto» replicò tutto contento per la mia reazione ammirata, «come vuoi che abbia fatto? Ho sparso la voce tra i miei conoscenti che cercavo qualcuno della famiglia Handler... *Et voilà*. Preparati, stasera andiamo a cena dai Bogdanovic, così potrai indagare quanto ti pare».

Mi ero dimenticata di come fosse efficiente lo zio Bud e di quanto capillare fosse la sua rete di conoscenze. I Bogdanovic abitavano poche ville più in là, tanto che ci andammo a piedi.

«Lui è più o meno mio coetaneo, è sui sessantacinque, lei ne ha ventitré. La giusta differenza di età, direi, no?» rise sornione lo zio. «Devi sapere che qua l'età delle mogli è inversamente proporzionale al numero di zeri del conto corrente. Più sei ricco e più loro sono giovani.»

"Tutto il mondo è paese" pensai.

Malcom, un omone abbronzato e vestito anche lui in stile hawaiano, ci accolse all'ingresso di casa, una magione da nababbo, e mi fu subito istintivamente simpatico. «Ma guarda che bella nipote che hai, Bud! La tenevi nascosta, eh?» disse abbracciandomi e ricevendo di rimando da mio zio un segno di ics fatto con le mani a croce come a dire: "Lei non è terreno di caccia per te!".

Non che io avessi qualche dubbio in proposito: dall'alto dei miei quarantatré anni ero decisamente troppo vecchia per lui. Ne ebbi conferma quando vidi a bordo piscina la moglie, una Barbie fatta e finita: sembrava Pamela Anderson nei suoi anni di massimo fulgore, tutta completamente vestita e accessoriata di un bel colore fucsia splendente, che accecava gli sguardi. «Rudy, vieni a salutare i nostri ospiti» le disse Malcom. La divina si alzò facendo ondeggiare le sue forme opulente e, con una falcata in stile passerella di Versace, arrivò da noi, allungando le braccia verso Bud e baciandolo fragorosamente su una guancia. A me strinse solo la mano, ma questa è l'usanza statunitense e non me ne ebbi a male. Coloro che si occupavano dell'andamento della villa (era evidente che Rudy tutto facesse, meno che interessarsi di quello), avevano preparato sotto il patio in stile messicano un buffet degno di un hotel sette stelle, dove ci dirigemmo quasi subito.

«Allora, sei una giornalista, mia cara?» mi chiese Malcom con ammirazione. «Ho molta stima della stampa, di chi si occupa di comunicazione, trovo che sia un settore affascinante.»

Probabilmente lo aveva detto solo per farmi piacere, in realtà ero abbastanza sicura che le sue attività di imprenditore multimilionario venuto su dal nulla avessero dei risvolti che lui si guardava bene dal far trapelare a chicchessia, tantomeno alla stampa. Ma gli sorrisi lo stesso, riconoscente.

«Bud mi ha accennato che volevi chiedere qualcosa a Rudy, vero?»

Feci di sì con la testa e notai che la ragazza si stava strafogando di gamberetti in salsa rosa e non aveva fatto una piega.

«Sì sì, volevo chiedere a Rudy del suo parrucchiere.» Evidentemente era una paroletta magica per lei, "parrucchiere", perché si girò verso di me con due occhi sgranati e un sorriso eccitato. «Ludovicooo» cinguettò felice. «Sai, è italiano come te! Io lo adoro, capisci cosa è stato capace di fare?» mi disse avvicinandosi e mostrandomi alcune ciocche dei suoi biondissimi capelli, che le ricadevano fino a metà schiena. «Qualche settimana fa ho scoperto di avere alcune doppie punte, ma ti rendi conto? Ho pianto tutte le mie lacrime, sai, mi vedevo già calva. Sono corsa da lui che mi ha presa in consegna, guarda, sono stata nella sua clinica una settimana, mi ha rimessa a nuovo. Ora quelle odiose doppie punte sono solo un brutto ricordo. Vuoi che ti ci porti? Possiamo andare domattina. Dico a Jenny di prenderci un appuntamento.»

Jenny era la loro governante-segretaria-tuttofare che, sentendo pronunciare il suo nome, si materializzò dal nulla. «Organizzo subito, signora» disse con voce calma.

«Sì, grazie cara, ma ti prego, non fare prima di mezzogiorno, sono stanca e devo dormire» rispose la bionda platino.

La cena proseguì piacevolmente, ma notai che Rudy interveniva solo se interpellata, altrimenti se ne stava nel suo mondo dorato a rimirare lo smalto delle sue lunghissime unghie posticce, a bearsi dei tacchi altissimi dei suoi sandali d'argento Jimmy Choo o ad aggiustarsi le pieghe del delizioso abito in chiffon rosso firmato Valentino Garavani, che aveva indossato a metà serata. Bud e Malcom parlarono soprattutto di sport, accennarono brevemente a una possibile vacanza insieme il mese successivo e per il resto si scambiarono opinioni su vini, liquori e sigari.

Ogni tanto si ricordavano di me e Malcom provava a interessarsi della mia vita: «Sei sposata, Amanda?»

«Non più» risposi concisa, chiudendola lì.

Non avevo voglia di condividere con i Bogdanovic la triste vicenda del mio matrimonio lampo, avvenuto dieci anni prima e naufragato dopo solo due mesi.

Non mi andava di spiegare che il mio caro maritino aveva un'amante già prima di conoscermi e che se l'era trascinata attraverso tutta la nostra relazione per poi portarsela addirittura in viaggio di nozze con noi a Zanzibar, facendola alloggiare in una stanza attigua alla nostra e incontrandola di tanto in tanto, quando fingeva di andare a fumare o a fare due passi. Non mi andava di mostrarmi così cretina da non essermene accorta fino all'ultimo giorno, quando li avevo beccati nel corridoio del resort mentre si baciavano appassionatamente. Avevo provato a perdonarlo, fino a quando avevo scoperto che non era vero, come mi aveva detto lui, che l'aveva incontrata quello stesso ultimo giorno là a Zanzibar, e che era stata lei a saltargli addosso, poverino, ma che invece si conoscevano da anni e che lei aveva fatto con lui esattamente la stessa cosa che lui aveva fatto con me, sposando un altro ma tenendosi mio marito come amante per tutto quel tempo. Mi chiesi perché lo avessero fatto, perché fossero tanto contorti e per quale ragione non si fossero sposati tra di loro se si amavano così tanto, invece di mettere di mezzo altre persone.

Lo chiesi anche a loro, ma non seppero spiegarlo. Erano fatti così, amavano gustare il nettare dolcissimo del frutto proibito, vuoi mettere un amante con una moglie? Che noia la convivenza e il sesso benedetto dalle istituzioni, meglio i baci e gli amplessi rubati che mantenevano il gusto del proibito e prolungavano il mistero di un partner a cui non dovevi lavare le mutande. Non desideravo neanche raccontare che, dopo il divorzio, non mi ero più fidata di nessuno e avevo avuto solo relazioni saltuarie che non contemplavano impegno alcuno da entrambe le parti. In pratica, ero una solitaria convinta e a chi mi chiedeva della mia condizione sentimentale rispondevo: «Mi sono sposata per un colpo di fulmine. Ora sono tornata single per un colpo di genio». No, decisamente non avevo voglia di raccontare tutto questo ai Bogdanovic.

La mattina dopo venni prelevata da una Bentley color avorio, di un'eleganza stellare. Rudy se ne stava accoccolata sul sedile posteriore, mangiando delle fragole. Non potei non notare che aveva cambiato tutto il suo look: le unghie erano azzurre, come il bellissimo tailleur pantalone che indossava e sotto il quale intravedevo il nulla, nel senso che non aveva né una camicetta né il reggiseno, ma solamente il suo fornito davanzale. I sandali erano dorati e si intonavano perfettamente alla pochette, una borsettina minuscola che lei teneva a tracolla e sembrava del tutto vuota. Ma la differenza più eclatante rispetto alla sera prima era rappresentata dal suo toy-dog, un delizioso batuffolo di pelo color champagne, che lei teneva in grembo. «È Chou Chou, è un volpino di Pomerania nano» mi disse Rudy, presentandomelo. «È il mio amorino, senza di lui non potrei più vivere. Tra pochi giorni è il suo primo compleanno, verrai al party che stiamo organizzando, vero?»

Non avrei mai potuto mancare alla festa di compleanno di un cagnolino di proprietà della giovane moglie di un super riccone nella loro villa di Malibu, fossi matta, così dissi a Rudy che ci sarei stata senz'altro e lei mi guardò quasi con affetto.

Il Ludovico Hair Studio si trovava al 928 South Western Ave ed era un negozio straordinariamente chic e kitsch al tempo stesso. Le origini italiane del titolare erano evidenti, sulle pareti campeggiavano gigantografie dei nostri divi più amati: Sophia Loren, Marcello Mastroianni, Gina Lollobrigida, Virna Lisi, Claudia Cardinale, Vittorio Gassman e perfino Rodolfo Valentino. Un'asta con la bandiera italiana era piantata proprio a fianco della cassa, neanche fossimo in caserma, mentre un delizioso buffet nell'area relax offriva tutte le specialità più tradizionali della nostra cucina, dalla pizza ai maccheroni al forno e alle melanzane alla parmigiana, fino ai cannoli siciliani e a una teglia formato gigante di tiramisù.

Ludovicooo, come lo apostrofava Rudy, ci venne incontro ancheggiando vistosamente: era di una bellezza tipicamente meridionale, moro e muscoloso, sembrava quasi un dio greco e profumava di bergamotto e di verbena. Ci abbracciò entrambe e, dopo i convenevoli durati almeno una decina di minuti, mandò al lavaggio lei e si sedette a fianco a me. Mi scrutò amorevolmente ed emise la sua sentenza: avevo dei capelli magnifici, questo era indubbio, ma avevano sete e dovevamo assolutamente dar loro da bere, per cui mi propose una seduta di idratazione profonda all'olio di macadamia della durata di tre ore e dal costo impronunciabile, che rifiutai assicurandogli che sarei tornata nei giorni successivi. Sfacciatamente gli chiesi se per caso ci fosse Barbara Handler, che avrei voluto tanto salutare. In pratica finsi di conoscerla e lui mi disse che no, oggi non c'era, ma aveva un appuntamento l'indomani alle dieci e trenta. «Allora per l'*hydra care* facciamo domattina?» proposi. E il gioco fu fatto.

Barbara alias Barbie

Aveva una stupenda chioma rossa con un ciuffo più chiaro sulla fronte, quasi una criniera leonina che incorniciava il volto bello, dal sorriso aperto e schietto: Barbara Handler, figlia primogenita di Ruth, aveva appena varcato la soglia del parrucchiere Ludovico, puntualissima alle dieci e trenta, ma se avesse girato i tacchi e fosse uscita subito, nessuno avrebbe dubitato che avesse appena terminato una lunga seduta dal mago del capello, da tanto che era perfetta.

Sapevo la sua data di nascita, il 21 maggio 1941, quindi aveva cinquantanove anni ma il suo essere splendida non era dato tanto dal fatto che si portasse gli anni magnificamente e apparisse come una curatissima quarantenne. Era tutta la sua persona che emanava una luce particolare, una sorta di aura magica che la faceva risplendere. Anche la sua figura agile e i movimenti veloci e fluidi le conferivano un che di giovane e di fresco: non aveva nulla della sessantenne e mi venne istintivo pensare "Tale madre, tale figlia" anche se Ruth io, per il momento, l'avevo vista solo in foto.

Ero arrivata verso le dieci per sottopormi al famoso *hydra care,* il trattamento per i miei poveri capelli assetati che, a detta del grande *hair stylist* Ludovico, non potevo più procrastinare, pena la caduta di tutta la mia chioma come si trattasse delle foglie secche di un albero in autunno. Non ero affatto convinta di tutta quella urgenza, ma il mio scopo era ben altro quella mattina; quindi, mi ero assoggettata a ogni tipo di tortura in attesa che comparisse colei che desideravo conoscere con tutta me stessa. Non feci nemmeno in tempo, però, a incrociare lo sguardo con Barbara, che la vidi sparire dietro un séparé, attirata da una estetista tutta moine che se la portò via chissà dove. Quando ero già sull'orlo di una crisi di nervi per aver perso l'occasione d'oro della mia vita, mi sentii chiamare con un'inflessione che ben conoscevo: «Amandaaa! Ma sei qui anche tuuu!».

Era Rudy, la biondissima moglie di Malcom Bogdanovic. Sembrava una caramella al limone, tutta vestita da capo a piedi di giallo, compresa la borsetta in cui stava sprofondato Chou Chou, il suo volpino di Pomerania. «Stai facendo l'*hydra care,* bravaaa» mi disse continuando a strascicare le finali delle parole. «Pensavo di farlo anche io, ma oggi non posso. Sono qui per il mio pasticcino dolceee» disse baciando il suo cagnolino.

«Ludovico fa il parrucchiere anche dei cani?» Non potevo crederci.

«Degli altri cani no, ma del mio sì. E poi, lo sai, dopodomani è il suo compleanno, deve essere bellissimo! Te lo ricordi, vero, che è il suo compleanno?»

«Ma come potrei mai dimenticarlo, Rudy, anzi, dovresti darmi una dritta perché lo zio Bud e io volevamo fargli un regalino, ma siamo un po' indecisi...»

Se le avessi detto che aveva vinto un milione di dollari alla lotteria non sarebbe stata contenta come lo fu per quella dimostrazione di affetto nei confronti del suo adorato esserino.

«Hai sentito, Chou Chou, la zia Amanda ti farà un regalooo!»

Ero diventata la zia Amanda e questo mi bastava, ora potevo passare al contrattacco. «Rudy» le dissi abbassando la voce e dando alla conversazione un tono da cospirazione, «Rudy, ho bisogno del tuo aiuto». Annuì senza fiatare. «Vedi, io vorrei poter scambiare due parole con Barbara Handler, è appena arrivata qui nel salone, l'ho vista passare ma è sparita. Tu sai dove possano averla portata e dove potrei trovarla?»

Mi fece cenno di aspettare, si girò sui tacchi vertiginosi e si diresse con una falcata da maratoneta verso Ludovico, che stava impartendo ordini a una sciampista. Confabulò con lui un paio di minuti, poi si girò verso di me e mi mostrò il pollice alzato.

Dopo alcuni istanti, una ragazza sorridente venne verso di me: «Signora Caesar, se vuole seguirmi...». Mi portò in un salone attiguo, elegantissimo, dove erano allineate delle poltrone di pelle bianca, occupate da diverse clienti che stavano facendo manicure o pedicure. Un po' defilata, assorta nella lettura di una rivista, vidi Barbara. La mia accompagnatrice mi fece accomodare proprio a fianco a lei. Sedendomi, le feci un cenno di saluto con la testa, al quale lei rispose con un impercettibile sbattere di ciglia.

Confesso che ero terribilmente in imbarazzo e mi ritrovai a riflettere su me stessa: come mai in qualità di inviata per il mio giornale, quando si trattava di indagare senza esclusione di colpi, o di strappare interviste a chi di essere intervistato non aveva alcuna voglia, di infrangere perfino le più elementari leggi della privacy o del comune senso della decenza, non avevo mezza remora, nessun tentennamento? E ora, invece, questa opportunità di parlare con Barbara Handler, che mi era stata servita su di un piatto d'argento, mi causava tanta sofferenza? Temevo di irritarla irrimediabilmente, di precludermi per sempre la possibilità di conoscere la madre? Probabile.

Ripensai alla mia prima Barbie, a quella signorina bellissima fasciata nel costume zebrato bianco e nero che aveva ispirato le mie scelte di ragazzina piena di sogni. La sentii dirmi in un sussurro: "*You can be anything*

– Puoi essere tutto" e, proprio come mi era capitato tante altre volte nella vita, fu lei a darmi il coraggio che mi serviva.

«Mi deve scusare. Lo so che si viene qui per starsene tranquille, ma io l'ho riconosciuta, lei è Barbara Handler. Io sono una grande ammiratrice di sua madre, sa?»

Mi sorrise. «Lei non è americana, giusto?»

Le dissi che ero italiana, come il parrucchiere, un paragone che la fece sorridere.

«Mia madre è così famosa anche in Italia?» domandò stupita.

«In realtà no, anzi, il nome di sua madre nel mio paese non lo conosce praticamente nessuno, direi che è senz'altro molto ma molto più conosciuta lei, o per meglio dire il suo alter ego formato bambola: nel mio paese la Barbie è più famosa del Presidente della Repubblica!»

Sorrise ancora una volta ma poi riaffondò gli occhi nella rivista che teneva tra le mani. Pensai: "Sto perdendo terreno". Se non avessi trovato subito un argomento di conversazione per attirarla di nuovo, mi sarebbe sfuggita per sempre. Ma ero come paralizzata, mi pareva che il mio cervello fosse restato tutto nel casco di quel maledettissimo trattamento di *hydra care* e di certo non sarei approdata a nulla di buono se in mio soccorso non fosse arrivata in maniera inaspettata la mitica Rudy. Apparve in tutta la sua giallitudine eccessiva e si diresse direttamente dalla Handler: «Barbaraaa, meno male che ti ho trovataaa. Devi aaassolutamente venire al party di compleanno del mio Chou Chou. Ci divertiremo un mondo! Verrai, vero?».

Barbara Handler accettò l'invito con entusiasmo, cosa che mi stupì, perché mi pareva che non avesse proprio niente in comune con Rudy. Ma mi sbagliavo, avevano in comune qualcosa di molto importante per loro: avevano lo stesso cane. «Anche lei ha un Pomerania» mi raccontò Rudy una volta uscite dal negozio, «ma il suo è nero, difatti si chiama Blacky. Che ne dici, sono stata bravaaa? Alla festa potrai farle tutte le domande che vorrai!»

Non seppi far altro che abbracciarla con gratitudine.

2
Opera di convincimento

Il Doggy-party

La torta era a forma di osso gigante. E con questo credo di aver detto tutto. La festa di compleanno di Chou Chou fu una tale fantasmagoria di colori, di suoni, di sapori, di odori, un incredibile compendio di eventi in un susseguirsi di colpi di scena, che penso andrebbe studiata da un sociologo, ma forse anche da uno psicologo, per tentare di capire cosa sia passato nella testa della sua padrona Rudy, che l'aveva organizzata, ma anche di suo marito e di tutti i partecipanti a quella follia, me compresa.

Perché fu un evento straordinario, con un numero impressionante di invitati, che avevano portato al loro seguito i loro amici a quattro zampe, tutti vestiti in maniera impeccabile, intendo gli animali, spesso in tinta con le loro padrone. Descriverli sarebbe troppo lungo, è sufficiente dire che nulla era stato lasciato al caso e l'insieme di quella folla di ricconi accompagnati dai loro beniamini d'affezione, non solo cani, ma anche gatti, furetti, scoiattoli e perfino un piccolo alligatore, mi fece venire in mente le corse dei cavalli del Royal Ascot, l'evento sportivo più importante d'Inghilterra che ogni anno in estate vede il famoso ippodromo a pochi chilometri da Windsor riempirsi di una folla assurda, vestita in maniera talmente ridicola da fare inorridire chiunque abbia un filo di buongusto. C'ero stata e ne ero uscita sconvolta.

Anche qui la sfilata dei cappellini e dei vestiti più strani lasciava senza fiato e mi sorpresi più di una volta a domandarmi se quelle *mise* così pazzesche le amiche di Rudy le avessero già, oppure se fossero state confezionate appositamente per il compleanno del piccolo Chou Chou.

Ma una superava tutte le altre: era, neanche a dirlo, quella della padrona di casa, di Rudy. Perché era vestita da cane, e non solo in senso figurato: sembrava in tutto e per tutto il suo Chou Chou. Il Pomerania è una specie di piccola volpetta con un musino a punta e due occhietti vispi, una nuvola di pelo dalla vivacità contagiosa che è impossibile tenere fermo. Esiste in diversi colori del manto ma, ovviamente, Rudy aveva scelto l'esatta *nuance* del suo protetto, il color champagne, sembrava la sua versione in formato gigante, con tanto di orecchie a punta, muso col tartufino nero e un codino impertinente che lei muoveva attraverso una pompetta posizionata sotto l'ascella, permettendole di scodinzolare felice quando le andava. Il costume ovviamente era molto sexy, attillato nei punti giusti, con una generosa scollatura e l'insieme rendeva Rudy molto simile a una coniglietta di Playboy. Ma, più che altro, lei era la felicità fatta persona, sprizzava gioia da tutti i pori, anzi, da tutti i peli.

Lo zio Bud aveva comprato per il festeggiato un regalo tecnologico e molto avveniristico, che aveva fatto realizzare appositamente per l'occasione: un fantastico collare che si illuminava nei colori dell'arcobaleno ed emetteva diverse musichette che si potevano selezionare in base al desiderio del momento. Ma, soprattutto, aveva al suo interno un localizzatore GPS che avrebbe permesso di ritrovare il piccolo Chou Chou se, malauguratamente, si fosse perso. Rudy lo aprì e si mise a piangere per la gioia, ci disse che avere amici come noi era il più bel regalo che potesse desiderare.

Poi si avvicinò a me e mi sussurrò all'orecchio: «Barbara sta per arrivare col suo Blacky, non ti può scappare!». Mi strizzò l'occhio e scodinzolò via tra gli invitati.

Poco dopo, in effetti, fece il suo ingresso a casa Bogdanovic l'elegantissima Barbara Handler. Non era vestita da cane, né tantomeno indossava uno di quei cappellini ridicoli che erano prerogativa delle invitate a quella festa tanto strana: era, invece, estremamente chic in tailleur nero, illuminato da una lucente camicia di seta color panna. Mi ritrovai nuovamente a pensare che da una madre come Ruth non poteva che essersi generata una figlia così. Teneva il suo piccolo Pomerania nero al guinzaglio, semplicemente, come avrebbero fatto i comuni mortali, senza borsette, zainetti o altre diavolerie. Erano una padrona col suo cagnolino e basta. Incrociammo gli sguardi, la salutai, lei parve riconoscermi e ricambiò il sorriso. Decisi di andarci piano, di non fiondarmi subito da lei come avrei tanto voluto, ma di scegliere con cura il momento migliore per attaccare discorso. Però non avevo fatto i conti con l'esuberanza di Rudy che, non appena la vide entrare, le andò incontro scodinzolando:

«Barbaraaa, sei arrivataaa!». La abbracciò con trasporto e le disse: «Vieni al buffet, beviamo qualcosa». Poi si girò verso di me e mi fece cenno di raggiungerle. «Ti ricordi della mia amica italiana, vero? Amanda Caesar, è una fan della tua mamma!»

Avrei voluto sprofondare, pensai: "Adesso mi manda a quel paese", ma al contrario Barbara allungò la mano verso di me e rispose che si ricordava perfettamente. Non appena Rudy si fu allontanata da noi, richiamata dall'abbaiare insistente di alcuni ospiti canini, la Handler mi propose di andarci a sedere in giardino. «Lei mi sembra l'unica persona sana di mente a questa festa» disse ridendo.

Un'intervista è fuori discussione

«Be', anche io ho le mie piccole fissazioni, sa!» dissi, sedendomi accanto a Barbara Handler.

«Come, per esempio, mia madre?» rispose lei con una smorfia.

Pensai velocemente che fosse una donna troppo intelligente per cadere in qualcuna delle trappole del mestiere che uso di solito con chi non ama farsi intervistare. Meglio essere sincera.

«Eh, sì, proprio come sua madre. Gliel'ho già detto, mi pare, da noi nessuno la conosce e mi sembra una mancanza grave, in fondo la Barbie è un'istituzione in tutto il mondo e anche in Italia: che non si sappia nemmeno il nome di colei che l'ha inventata, con tutto ciò che si porta dietro l'avventura di vita di sua madre, be', mi pare un'ingiustizia e uno spreco. Vorrei scrivere la sua storia per farla conoscere nel mio paese.»

«Quindi lei è una scrittrice, o cosa? Una biografa?»

«Sono una giornalista di costume, scrivo per la rivista "Hello People", il nome è inglese, ma è una pubblicazione italiana. Un articolo sull'inventrice della Barbie farebbe faville!»

Rimase un attimo in silenzio. «Quindi lei vorrebbe intervistare mia madre. Ma lo sa quanti anni ha?»

Le risposi che certo, lo sapevo: «Ruth è nata il 4 novembre del 1916 a Denver, Colorado, ultima di dieci figli di una famiglia di immigrati ebrei polacchi, i Moskowicz. So tantissime cose su sua madre».

Pensavo che le mie conoscenze sulla vita di Ruth avrebbero fatto piacere a Barbara, che mi avrebbe guardata con ammirazione; invece, la sua espressione volse al triste e la voce si ruppe per l'emozione. «Allora saprà che è molto malata. Lo è stata ai tempi del tumore al seno, ma lo è anche adesso. Ha quasi ottantaquattro anni e non è più quella di una volta.»

Sapevo anche quello: Ruth di certo non era più la donna combattiva che aveva lottato contro tutto e tutti per vedere realizzato il suo sogno, la bambola Barbie. Allora era una specie di panzer, che aveva sbaragliato tutti i dubbi degli uomini intorno a lei, il marito, i soci della Mattel, i tecnici, tutti coloro che ritenevano la sua un'idea irrealizzabile e fallimentare. Ora era anziana e malata, eppure io ero certa, certissima, che il suo spirito indomito albergasse ancora dentro di lei ed ero decisa a farlo riemergere, per poterle dire finalmente tutto quello che avevo nel cuore e quanto lei avesse significato per me.

Ma Barbara scosse la testa. «Guardi Amanda, lei mi sta anche simpatica, ma non ha idea di quante persone vogliano intervistare mia madre, farle delle foto, strapparle una dichiarazione quando c'è qualche anniversario, oppure quando esce una nuova bambola; insomma, è un continuo. Glielo dico: un'intervista è fuori discussione.»

Abbassai il capo, delusa. Il vociare degli ospiti dei Bogdanovic si era fatto quasi assordante, si stava avvicinando il momento clou della serata, con il taglio della torta e non avevo più tempo. Mi feci guidare ancora una volta dalla determinazione testarda che avevo da sempre ammirato in Ruth. Raccolsi tutte le mie forze e ci riprovai. «Va bene, un'intervista è fuori discussione, ok, lo capisco. Ma un incontro? Potrebbe chiedere a sua madre se posso almeno passare a conoscerla? Quando vuole lei, per cinque minuti, non di più. Sono venuta apposta dall'Italia per vederla di persona.»

Fummo interrotte dal maggiordomo che, nell'offrirci un calice di champagne, ci avvisò che stavano per brindare in onore del signorino Chou Chou, disse proprio così, il "signorino". Barbara ne approfittò per alzarsi, liberandosi dall'obbligo di una risposta e, seguita dal piccolo Blacky, si avviò verso la folla rumoreggiante. Forse mi ero giocata quella carta vincente, ma non mi disperai: avevo due alleati potenti, lo zio Bud e Rudy, qualcosa ci saremmo inventati.

Una notizia inaspettata

Ho sempre ascoltato i consigli delle persone che mi infondono fiducia e lo zio Bud era una di queste: «Lascia passare qualche giorno, vedrai, si farà viva lei. E poi, in fondo, cosa le hai chiesto? Cinque minuti del suo tempo.

Che sarà mai!». Era sempre positivo, Bud, costantemente di buon umore e, stando con lui, era inevitabile che un po' di quel suo atteggiamento costruttivo, tendente al "sarà comunque un successo" contagiasse anche me.

Erano passati alcuni giorni dalla sera della festa di compleanno di Chou Chou, il "signorino", come lo chiamava il maggiordomo di casa Bogdanovic. Dopo l'annuncio del taglio della torta, la serata era proseguita con colpi di scena uno via l'altro: tutti i quattro zampe avevano gustato il dolce a forma di osso, accompagnato da altre leccornie varie, poi Rudy aveva organizzato una piccola gara di agility, un mini concorso di bellezza che avevano vinto tutti a pari merito, per non scontentare nessuno, e infine la serata si era conclusa con gli stupendi fuochi d'artificio visivi, ma rigorosamente non sonori, per non spaventare i piccoli amici del festeggiato. Eravamo andati via tutti contenti, anche io, nonostante avessi ricevuto un "no" bello chiaro da Barbara circa la possibilità di intervistare la madre. Ma non mi aveva negato anche il permesso di andare a trovarla, quindi ero fiduciosa.

Trascorsi i giorni successivi in compagnia dello zio, prendemmo il sole in spiaggia, facemmo lunghe camminate, e lo accompagnai a una partita di tennis al suo club esclusivo, dove mi cimentai anche io a fare due tiri, ma furono proprio due di numero perché non sono allenata per niente e non ho più il fiato di quando giocavo da ragazzina. Furono giorni piacevoli e spensierati, anche se la speranza di incontrare Ruth non mi abbandonava mai ed ero determinata a non ripartire senza averla vista. A costo di farmi fuori tutte le ferie.

La mattina in cui la mia sorte cambiò ero mollemente sdraiata su una comodissima *chaise longue* nel patio dello zio, antistante la spiaggia. Ero praticamente in stato semicomatoso, ascoltavo della musica rilassante con gli auricolari a occhi chiusi, per cui non la vidi arrivare. A un tratto sentii una mano che, dolcemente, mi sfilava le cuffiette e sentii l'inconfondibile voce di Rudy: «Amandaaa, dormiii?». Aprii gli occhi e vidi un'enorme macchia color glicine: era tutta vestita in lilla, dalla testa ai piedi, perfino gli occhiali da sole e le unghie erano in *nuance*. E, ovviamente, dello stesso colore era il guinzaglio del piccolo Chou Chou. «È qualche giorno che non ci vediamo, ho deciso di venirti a cercare, tanto faccio fare la passeggiatina al mio amorinooo. Sai chi mi ha chiamataaa? Indovinaaa? Barbara Handler! Ci ha invitate a cena a casa sua. Sua e di sua madre! Sei contentaaa? Ha detto di andare pure quando siamo libere. Tu quando potresti?»

Ebbi un tuffo al cuore: risposi che non avevo impegni e potevamo andare anche quella sera stessa. Ero talmente felice che avrei voluto andarci in quell'istante.

«Ok, aggiudicato! Vi passiamo a prendere più tardi. Ora devo scappare, tra poco arriva il veterinario» disse, abbassando il tono della voce. «Deve tagliare le unghiette a Chou Chou, ma lui ha paura, non posso mai dirglielo prima, se no si nasconde sotto qualche letto. È un fifone il mio amorinooo!»

Se ne andò sgambettando allegra, lasciandomi in uno stato di felicità totale. Sarei andata a casa delle Handler e avrei di sicuro conosciuto Ruth, era chiaro che Barbara aveva ripensato alla mia richiesta e l'aveva giudicata un buon compromesso. E ci sarei stata più dei cinque minuti richiesti!

Come sempre aveva ragione lo zio Bud. «Posso darti un consiglio?» mi disse quando lo informai dell'invito.

«Certo che puoi, seguo sempre i tuoi consigli, lo sai» risposi.

«Ecco, allora non vestirti di rosa.» Ammetto che accettare l'indicazione dello zio fu molto facile per me: nonostante la Barbie sia stata il punto fermo della mia infanzia e più avanti un esempio da seguire nella mia evoluzione di donna in carriera, non ho mai avuto una passione per il suo colore d'elezione, il rosa. Raramente l'ho scelto e nel mio guardaroba avrò al massimo uno o due capi color fucsia. Mi parve strano che Bud mi desse quel consiglio, ma il perché lo avrei capito più tardi, quando fossi entrata nella casa delle nostre ospiti. Optai per un tailleur pantalone di seta bianco che mi stava molto bene e che mi valse l'apprezzamento dei Bogdanovic.

Rudy ne fu particolarmente contenta, perché lei al contrario si era vestita tutta di nero, aveva indossato un minidress di paillette che faceva *pendant* con l'elegantissimo guinzaglio di Chou Chou. Feci molti complimenti a entrambi, padrona e cagnolino, e le rinnovai la mia gratitudine per aver organizzato in maniera così perfetta quell'incontro che, grazie a lei e al suo modo di fare così dolce e delicato, si era concretizzato quasi da solo, senza forzature. Rudy si era rivelata una persona incredibile: sembrava la quintessenza della frivolezza, e tutto sommato lo era, ma aveva un cuore grande e una generosità infinita che profondeva intorno a sé quasi senza accorgersene.

Mi si profilava una serata decisamente piacevole, l'avverarsi di un sogno a lungo sognato, che avrei condiviso con il mio adorato zio Bud e con i Bogdanovic, che mi avevano accolta come una loro parente. Ma mai mi sarei immaginata tutto quello che mi attendeva, l'incontro con la donna più straordinaria e incredibile che abbia mai avuto la fortuna di conoscere, colei che aveva trasformato una sua felice intuizione nel successo planetario più famoso e straordinario di tutti i tempi. Mai avrei sperato che, per qualche ragione misteriosa, proprio quella sera Ruth Handler avrebbe deciso di confidare a me le sue memorie, in una notte senza fine che non avrei mai più dimenticato.

3
Inizia il racconto

Ruth

Arrivammo in anticipo a quella cena da me tanto desiderata: gli Handler abitavano anche loro a Malibu, un quarto d'ora di macchina da noi, ma i Bogdanovic erano passati a prenderci un po' prima dell'appuntamento perché avevano deciso di mostrarmi alcuni punti panoramici della zona, così percorremmo la strada costiera fino a Santa Monica e poi ci dirigemmo verso l'interno, fino all'Osservatorio Griffith, dal quale si domina tutta la vallata. Era un luogo magico e mi piacque moltissimo.

Al nostro arrivo, nonostante fosse presto, Barbara era già fuori, nel patio che accoglieva gli ospiti in arrivo, e ci venne incontro sorridendo, seguita dal suo fedelissimo Blacky. Nel salutarla, volli ringraziarla per quell'invito e lei mi rispose che ci aveva pensato su qualche giorno, per poi decidere che sarebbe stata una vera cattiveria negarmi una visitina a Ruth, dopo che mi ero presa la briga di venire addirittura dall'Italia per incontrarla. «Mia madre ha detto che le faceva piacere, è tanto che non vede persone al di fuori della famiglia e della stretta cerchia dei nostri amici più intimi. E credo che le manchi la vita attiva che faceva prima. Mio padre è molto anziano: si fanno compagnia, certo, ma anche lui ha i suoi problemi di salute.» Sapevo tutto: Elliot Handler aveva pochi mesi più di Ruth, era nato il 9 aprile del 1916 a Chicago. Erano sposati da oltre sessant'anni, ne avevano passate tante insieme, compresa la terribile tragedia del figlio Kenneth, morto sei anni prima, nel 1994, a soli cinquant'anni, per un implacabile tumore al cervello. Qualcosa di molto difficile da superare, anzi impossibile. Sapevo tante cose su di loro, non affrontavo quell'incontro con leggerezza, avrei dovuto usare discrezione e cautela per non toccare nervi scoperti.

«Poi mi spiegherà perché è venuta da così lontano solo per conoscermi» mi disse sorridendo Ruth, allungando una mano esile verso di me. La stretta fu notevole e denotava un carattere fermo, nonostante i limiti dell'età.

«Certo, signora Handler, le dirò tutto, promesso!» risposi sorridendo felice.

«Sì, ma non ora. Ora andiamo a cena, che ho fame.»

Nell'incamminarmi all'interno della loro bellissima villa, compresi il senso del consiglio dello zio Bud: se mi avessero chiesto come mi immaginavo la dimora della creatrice della Barbie avrei sicuramente detto che me la figuravo come la famosa Dreamhouse, la rosea residenza della bambola, o come l'interno del suo camper, tutto un florilegio di fucsia, fiorellini, ammennicoli vari, ma la casa degli Handler non aveva nemmeno un oggetto in quelle tonalità e in nulla ricordava lo stile e le scelte cromatiche della loro famosissima creazione. Era una villa in stile classico, come avrebbe potuto essere quella dei miei nonni, o dei miei genitori, semmai fossero stati ricchi come gli Handler: avevano mobili d'antiquariato, molto legno, suppellettili in argento e in cristallo, camini e marmo ovunque. I colori erano caldi e tenui e infondevano un senso di pace, di amore e di famiglia.

Ruth mi apparve subito per come me l'ero immaginata: anziana, sì, ma bellissima nei suoi ottantaquattro anni portati con garbo e raffinatezza. Era minuta, piccolina, il viso grazioso e paffuto incorniciato da riccioli d'argento, rossetto rosso fuoco e probabilmente ciglia finte. Anche le unghie erano laccate di rosso. Insomma, era una nonnina tutto pepe, curatissima, come e più della figlia Barbara. Sedeva impettita nel suo salotto principesco, a fianco del marito Elliot, un tenero vecchietto magro e allampanato, che le riservava attenzioni continue, le teneva la mano, le versava da bere, le aggiustava lo scialle di cachemire che le ricadeva sulle spalle, si comportava come un innamorato di fresca data, piuttosto che come un marito da oltre sei decenni. Erano commoventi e mi sorpresi più volte a incrociare lo sguardo con Barbara e a sorriderle affettuosamente. Doveva essere bello per lei vedere i suoi genitori così affiatati. Gli altri invitati, compreso lo zio Bud, a un certo punto si spostarono a visitare le altre zone della casa, guidati da una sorta di governante tuttofare, che era anche la segretaria di Ruth, ma io non avevo alcuna intenzione di allontanarmi da lei e per tutto il tempo che rimasi nella sua casa le restai sempre a fianco, senza mollarla un istante.

Durante la cena si parlò di tante cose, ma l'argomento bambola fu sfiorato solamente quando Elliot chiese dove abitassimo e, alla risposta dello zio che anche la sua casa si trovava sulla spiaggia di Malibu, Ruth esclamò: «Ah, come la Dreamhouse di Barbie!».

Per il resto si parlò dei cani, argomento che suscitò il

risveglio di Rudy dal suo torpore, di golf, cosa che animò Malcom Bogdanovic e mio zio, mentre Elliot non si dimostrò particolarmente interessato. Si parlò di cibo e di vacanze, insomma di cose futili e senza importanza. Ma al caffè, quando gli uomini, come da tradizione, furono invitati a spostarsi nel patio per degustare alcuni sigari e bere del buon brandy, e quando Rudy propose a Barbara di portare i cagnolini a fare un giretto, finalmente mi ritrovai da sola con la mia amata Ruth.

«Non conosco il suo paese, mia cara» mi disse, sistemandosi sul magnifico divano di broccato azzurro, «ma l'Italia è la culla dell'arte e della civiltà, è un luogo di grande bellezza e gusto: il fatto che lei sia così legata alla mia bambola mi colpisce molto. Come mai le interessa tanto la mia storia?».

Decisi di dirle tutto, lei mi poteva capire. Le raccontai del regalo di mio padre quando avevo sei anni, quella prima Barbie con il costume zebrato che aveva rivoluzionato il mio modo di giocare, diventando la mia confidente e la mia amica del cuore. Le dissi che c'ero cresciuta, con quella bambola, e con tutte le altre Barbie che mi avevano regalato successivamente, ma soprattutto dedicai diverso tempo a farle capire bene cosa avesse significato per me quella frase "*You can be anything* – Puoi essere tutto", perché era stata il motore della mia evoluzione da fanciulla in donna, aveva toccato le mie corde di ragazza in pieno fermento, aveva confermato tutto quello che mia madre, le mie professoresse durante gli studi, le mie colleghe più grandi e infine le mie datrici di lavoro dimostravano ogni giorno nel loro percorso di donne: puoi essere veramente tutto quello che desideri, basta solo volerlo con tutta te stessa e lavorarci sodo.

Le aprii il mio cuore e Ruth scese con me nell'animo più profondo di quella bambina che ero stata, toccò con mano quello che sicuramente sapeva già dalle indagini di mercato della Mattel, cioè che il successo planetario della sua invenzione risiedeva proprio in quello che aveva fatto crescere in me e in tanti milioni di bambine come me: la consapevolezza di essere artefici del nostro destino. Ma vederselo raccontare da una donna di quarantatré anni, che aveva raggiunto il suo obiettivo di vita e una carriera di un certo prestigio come era la mia, e in più arrivata apposta dall'Italia, la commosse fin quasi alle lacrime.

«Se vuole scrivere quell'articolo, cara, se vuole far conoscere la genesi, l'origine della Barbie alle sue connazionali, se vuole soprattutto che io le racconti quanto ho dovuto faticare per raggiungere i miei obiettivi, unica donna in una società di uomini, forte solo della mia convinzione e senza nessun alleato, nemmeno il mio adorato marito, se lo vuole davvero, be' questa sera è la sera giusta. Io non ho sonno, e lei?»

Un amore totale

«Avevo sempre saputo che nella vita ero destinata a lavorare sodo. Lo sa che avevo solo tre anni quando mia sorella iniziò a portarmi con sé al lavoro, nel suo negozio?»

Ruth Handler prese a raccontarmi i suoi ricordi: era seduta davanti a me, carica di acciacchi, ma vigile e presente a sé stessa. «Mio padre, Jacob Moskowicz, faceva il fabbro. Era scappato dalla Polonia al tempo del dominio dei Russi e insieme a mia madre, Ida Rubenstein, si era trasferito a Denver, nel Colorado, dove c'erano altri ebrei polacchi come loro, immigrati anni prima. Io sono l'ultima di dieci figli, eravamo molto uniti e ci volevamo un gran bene. Quando ero ancora molto piccola, mia madre si ammalò gravemente e non poteva badare a me, così mi prese con sé la mia sorella più grande, Sarah, che era già sposata e gestiva una drogheria. Ero una brava bambina, ma alcune cose proprio non mi piacevano e nessuno è mai riuscito a farmele fare: una era andare a scuola, mi sembrava che insegnassero tutte cose inutili, che non mi sarebbero servite a niente nella vita, preferivo lavorare in negozio. L'altra cosa che proprio non amavo era giocare con le bambole. Lo so, le sembrerà strano, stranissimo, che proprio io, con quello che poi ho fatto, non amassi il passatempo più diffuso tra le bambine di tutto il mondo!»

Ruth parlava con grande disinvoltura e le piaceva osservare l'effetto che le sue parole avevano sull'interlocutore. Ovviamente mi sorprese la sua affermazione sulle bambole e lei, tutta contenta, mi spiegò che trovava assurda quella pantomima ridicola che trasformava le bambine in tante "mamme per gioco" in attesa di diventarlo per davvero. Che il loro divertimento dovesse essere l'anticamera della maternità strideva con il suo concetto di svago e con la sua idea che giocare significasse evadere con la fantasia. In compenso, fin da piccolissima, mostrò una forte propensione verso gli affari: anche se la matematica l'aveva studiata poco, era bravissima a fare i prezzi della merce e a dare il resto, senza sbagliare mai. Preludio a quella vena imprenditoriale che, da adulta, la trasformò in una ricchissima donna di successo e di potere.

«Avevo sedici anni quando incontrai per la prima volta il mio Elliot. Eravamo a un ballo del B'nai B'rith. B'nai B'rith era un'organizzazione ebraica con scopi umanitari, ma i giovani andavano a queste feste di beneficenza soprattutto per trovare il fidanzato, la fidanzata. Eravamo nel 1932, a quei tempi si faceva così. Non potrò mai dimenticare l'istante in cui i nostri occhi si incontrarono per la prima volta. Lei ci crede al colpo di fulmine, cara?»

Ci credevo, era capitato anche a me, ma non mi era andata bene come a lei, che stava con lo stesso uomo da sessantotto anni.

«Era alto e dinoccolato, con un sorrisetto sempre stampato sul viso. Mi sembrò subito molto carino. Proveniva da una famiglia di ebrei ucraini, immigrati a Chicago, dove lui era nato pochi mesi prima di me. Poi si erano trasferiti a Denver. Insomma, eravamo lì, in quella sala da ballo, piena di giovani come noi. Lui venne verso di me e si presentò, tutto compassato: mi chiamo Isidor Elliot Handler. Poi scoppiò in una risata, quasi a prendersi in giro per come aveva pronunciato il suo nome. Risi anche io e da quel giorno siamo rimasti sempre insieme e non abbiamo mai smesso di prendere la vita per il verso giusto.»

Si interruppe e fu evidente che stava ripensando a quella lunghissima relazione che li aveva uniti nella vita privata e in quella professionale, entrambe caratterizzate da un successo straordinario. «Ci fidanzammo subito e, finite le scuole dell'obbligo, ci trasferimmo a Los Angeles. Io trovai lavoro come segretaria ai Paramount Studios, come le dicevo non mi andava tanto di studiare e in quegli anni erano fiorite le grandi compagnie cinematografiche di Hollywood, le famose Big Five, tra le quali anche la Paramount. Era un lavoro divertente e mi piaceva, ma sapevo che sarebbe stato solo momentaneo. Giusto il tempo che serviva a Elliot per laurearsi all'Art Center School of Design, dove si era iscritto con grande entusiasmo, perché il suo desiderio fin da piccolo era disegnare mobili e altri oggetti di arredamento. La nostra idea era quella di creare una società insieme. Così, subito dopo la laurea, ci sposammo: era il 26 giugno del 1938.

Elliot attrezzò il nostro garage e iniziò a produrre i suoi manufatti, impiegando i nuovi materiali dell'epoca, la lucite e il plexiglas. Gli affari giravano bene, le sue creazioni piacevano: con gli scarti dei mobili aveva preso a fare delle cornici veramente bellissime, poi si inventò delle seggioline per bambini e, infine, dei mobiletti in miniatura per far sedere anche i bambolotti. Era il primo passo che muovevamo nel mondo dei giocattoli, quello che sarebbe diventato presto il nostro universo di riferimento. Ogni nuovo oggetto che usciva dalle mani di mio marito era un successo, così mi licenziai dalla Paramount e iniziammo a lavorare insieme, come era nei nostri progetti. Cosa le sembra? Non era perfetto?»

"Perfetto" era la parola giusta, e glielo dissi convinta, sinceramente ammirata dalla sua capacità di raccontare in una maniera così vivida, da trasportarti con lei nella scia dei suoi ricordi.

«La svolta arrivò quando riuscii a strappare un contratto alla Douglas Aircraft Company, una delle compagnie aeree più importanti dell'epoca che aveva la sede vicino al nostro nuovo ufficio a El Segundo, proprio attaccato all'aeroporto di Los Angeles: avremmo prodotto una linea di modellini di aeroplani da regalare a Natale ai loro viaggiatori. Fu un colpaccio, uno scherzetto che ci valse un guadagno enorme.»

Sgranai gli occhi, una compagnia aerea come cliente non era niente male, e avevo anche capito una cosa che Ruth aveva accennato solo tra le righe: il merito era stato tutto suo e del suo incredibile senso per gli affari. Da lì era partito quello che sarebbe esploso in un successo planetario: quella certa sicurezza economica convinse i due a costituire una società, della quale entrò a far parte anche Harold Matt Matson.

«Era un grande amico di mio marito, Matt, un brav'uomo, aveva iniziato a collaborare con Elliot quando ancora lui costruiva i suoi mobili nel garage di casa nostra. Avevamo bisogno di qualcuno come lui per la nostra nuova realtà. La chiamammo Mattel, dalle parti iniziali dei nomi di Matt e di Elliot. La sa una cosa, Amanda? Per quanto ci sforzammo, non riuscimmo a trovare qualcosa di decente che includesse anche il mio nome. Ruth sembrava inconciliabile con gli altri due e alla fine decisi che non mi importava, anche se Elliot non era contento: "Tu sei stata decisiva in tutte le scelte che ci hanno portato fin qui, non è giusto che il tuo nome non figuri, dovremmo chiamarla Ruth Company!" diceva. È sempre stato un tesoro, il mio Elliot, dolce e generoso. Ma insomma, cosa importa, Mattel suonava bene, alla fine scegliemmo quello, anche perché in quel momento io avevo ben altro a cui pensare.»

Stavo per chiederle cosa avesse di così importante a cui pensare in quel momento, quando lo zio Bud e Rudy ritornarono in salotto, accompagnati da Barbara, che si avvicinò a noi con fare premuroso. «Mamma, i nostri ospiti si stanno per congedare, non sei stanca? È molto tardi, dovresti andare a riposare» disse.

Ruth sorrise: «Ecco, è lei quello a cui dovevo pensare in quel momento! Ero diventata mamma e questa frugoletta dolce impegnava tutte le mie forze». Poi mi strizzò l'occhio e si rivolse ai suoi ospiti: «Se state andando, vi saluto, ma Amanda resta qui con me. Quando avremo finito potrà fermarsi a dormire qui. Devo ancora raccontarle alcune cose importanti; buona notte anche a te, Barbara».

La sua era una decisione perentoria, presa senza coinvolgere i diretti interessati, cioè nel caso specifico io, e nessuno si sognò minimamente di contraddirla. Anche se aveva ottantaquattro anni, era una donna autoritaria e risoluta, la cui forza straordinaria veniva fuori a tratti, mischiata a una dolcezza fuori dal comune. Fui entusiasta della sua decisione: la notte era ancora lunga e io ero pronta ad ascoltarla.

Largo ai piccoli!

Quando fummo di nuovo sole, nel salotto deserto e silenzioso della sua casa tanto accogliente, Ruth mi sorprese con un'affermazione che, poi, mi avrebbe fatto riflettere molto: «Lei non ha figli, mia cara. Si vede. Non che una donna debba necessariamente fare figli, intendiamoci. È un concetto errato pensare che solo la maternità possa dare completezza a una donna. Ho molte amiche che non sono madri e sono persone favolose e pienamente appagate. Ma i figli ti obbligano a vedere la vita attraverso i loro occhi e lo fanno in maniera naturale. Sono una porta di facile accesso verso il mondo della fantasia. Se non ti ci accompagnano loro, devi trovare il modo di andarci da sola, ma non sempre ci si riesce. Mia figlia Barbara mi aiutò a vivere serenamente, conducendomi nel suo mondo fatato dell'infanzia in un periodo difficile, molto difficile per tutti».

Eh già, Barbara era nata nel 1941, gli anni successivi sarebbero stati pesanti, anche gli Stati Uniti entrarono nel conflitto della Seconda guerra mondiale e molte aziende dovettero chiudere i battenti. Ma Elliot no, i suoi mobili giocattolo e le sue cornici vendevano lo stesso e la famiglia Handler si ingrandì ulteriormente: nel marzo del '44 nacque il secondogenito, Kenneth. Ruth continuò a fare la mamma a tempo pieno almeno fino alla fine della guerra e alla costituzione ufficiale della Mattel, nel 1945.«Nonostante avessi i bambini piccoli, ho sempre continuato a seguire l'azienda di famiglia, Elliot non prendeva nessuna decisione senza consultarmi e mi sottoponeva sempre le sue creazioni, perché si fidava ciecamente del mio giudizio. Anche perché il nostro business si dirigeva sempre più verso il mondo dei giocattoli, che andavano forte, e io avevo un ottimo metro di valutazione delle nuove proposte di Elliot, perché i destinatari di quei giochi li avevo in casa, sotto i miei occhi.»

Pensai a quanto fosse stata intelligente Ruth: quello che per la maggior parte delle donne poteva costituire un ostacolo e una difficoltà enorme, cioè conciliare la gestione della famiglia e dei figli con il lavoro, era diventato per lei una fonte di ispirazione.

«Ma come riusciva a occuparsi dei figli così piccoli con l'impegno dell'azienda? Nel mio paese questa è una problematica aperta e molto sentita» dissi.

«Vede, Amanda, quando c'è armonia nella coppia, tutti i problemi si appianano. Voglio dirle una cosa:

economicamente noi ce la passavamo già piuttosto bene, avrei potuto dedicarmi al lavoro a tempo pieno lasciando i miei figli a delle baby-sitter, ma io non l'ho mai fatto. Li portavamo a scuola noi e li riprendevamo noi, o io o Elliot, e nel pomeriggio io stavo con loro, quando furono più grandi li aiutavo con i compiti, li seguivo nelle loro attività sportive, ero una mamma presente. E sa una cosa, hanno dato molto di più loro a me che io a loro. Erano una continua fucina di idee. Vuole un esempio? Il nostro primo grande successo come Mattel fu lo Uke-a-doodle, un ukulele giocattolo, poi seguì una divertente Music Box. Due giocattoli per fare musica, che mi vennero in mente vedendo mio figlio Kenneth che se ne stava imbambolato davanti alla radio accesa ad ascoltare le canzoni che venivano trasmesse e intanto batteva con il cucchiaio sul bordo del piatto della sua pappa, ricreando il ritmo di quelle melodie. Elliot non ci credeva, dovetti farglielo vedere con i suoi occhi e così accettò di realizzare degli strumenti musicali giocattolo. Furono un enorme successo.»

Guardai l'orologio: erano le due di notte. Pensai che Ruth dovesse essere molto stanca, le chiesi se volesse fermarsi, ma lei neanche mi rispose e riprese il racconto, con un tono decisamente più triste.

«Il 1946 fu un anno terribile per noi: Matt, il nostro caro amico Matt si ammalò. Non aveva più le energie per continuare a lavorare e, anche se a malincuore, dovette lasciarci. Lo liquidammo per la sua quota azionaria e io presi il suo posto nel board dell'azienda, diventando vicepresidente. Fu un duro colpo per Elliot e per me, ma la vita ci riserva spesso delle prove ardue, e quella non sarebbe stata che una delle tante.»

Sapevo delle numerose traversie che aveva dovuto affrontare quella elegante signora che sedeva davanti a me e che mi stava raccontando tutta la sua vita in una indimenticabile notte magica, e pensai che fosse doloroso per lei far riaffiorare certi episodi. Probabilmente stava soffrendo.

Ma non avevo fatto i conti con l'incredibile forza di Ruth: all'improvviso cambiò il registro della voce e il tono del suo racconto si fece squillante e gioioso. «Nel 1955 riuscii in uno dei colpi meglio assestati della mia carriera. Walt Disney aveva appena ideato un programma televisivo per bambini, il Mickey Mouse Club, trasmesso dalla ABC tutti i pomeriggi dal lunedì al venerdì. Era condotto dal cantautore Jimmie Dodd, affiancato da trentanove giovanissimi performer, divisi in squadre. Era uno splendore di show che è anche stato una fucina di talenti: ogni puntata presentava cartoni animati, documentari e telefilm, c'erano ospiti famosi e i bambini del cast ballavano, cantavano e suonavano diversi strumenti. Durante lo show erano presenti alcuni break pubblicitari che si rivolgevano perlopiù alle mamme: prodotti per la cura della casa, abbigliamento per i più piccoli, e cose di questo genere. I miei figli e i loro amichetti non si perdevano una puntata, ma notai che, durante le pubblicità, tendevano a distrarsi, giocavano tra di loro, smettevano insomma di guardare la televisione. Era ovvio, quegli spot non si rivolgevano a loro! Fu proprio guardando i miei bambini che mi venne l'idea: e se invece la comunicazione fosse rivolta a loro? Se avesse un linguaggio adatto ai più piccoli e presentasse loro i nostri giocattoli? Ne parlai con Elliot, ma lui si dimostrò un po' scettico: i bambini non sono dei consumatori, non vanno nei negozi a comprarsi quello che vogliono. Sono i loro genitori che lo fanno. Aveva ragione: era sempre stato così. Sì, ma poteva cambiare!»

Ruth era una straordinaria donna d'affari con una visione sul futuro fuori dal comune e tanto, tanto coraggio: anche se a fatica, riuscì a convincere il marito a investire in pubblicità, in una serie di commercial da inserire nel Mickey Mouse Club, ma non una piccola cifra: la Mattel spese diverse migliaia di dollari, praticamente quasi tutto il suo capitale, per essere presente nel programma una volta alla settimana per cinquantadue settimane, un anno intero.

«Fu una trovata rivoluzionaria: nel Mickey Mouse Club le nostre pubblicità parlavano ai bambini, non agli adulti. I ragazzi diventavano per la prima volta dei consumatori a tutti gli effetti. Il mondo stava cambiando in quegli anni del boom economico: fino a quel momento i giocattoli si compravano solo a Natale o in occasioni molto particolari. Ma adesso i bambini iniziavano a chiederli più spesso e le industrie di questo comparto iniziarono a crescere sempre più. Con la pubblicità in televisione facemmo un boom incredibile di vendite: iniziammo a produrre giocattoli di varie tipologie, tra cui molti bambolotti. Gli affari andavano bene, Elliot era soddisfatto di come andavano le cose. Ma non io. Continuavo a pensare: ci deve essere qualcosa in grado di rivoluzionare veramente il mondo dei giocattoli, qualcosa che non sia mai stato fatto. Il giocattolo perfetto, quello che avrebbero voluto tutti. Me lo sentivo: l'idea giusta era lì, a portata di mano. Dovevo solo scoprire come coglierla.»

4
La Barbie Revolution

Nascita di un mito

«La guardavo giocare e non capivo bene cosa stesse facendo. Eppure era Barbara, mia figlia, la mia bambina. E poi ebbi la netta sensazione che, a modo suo, mi stesse dicendo qualcosa di incredibilmente importante.»

Chissà come doveva essersi sentita Ruth, giovane moglie, mamma e imprenditrice, quando aveva per la prima volta avvertito il flebile segnale di una creatività prorompente che, da lì a breve, avrebbe cambiato per sempre la sua vita e anche quella di tutte noi. Mentre mi raccontava la genesi della sua invenzione più straordinaria, potevo percepire il fermento che doveva averla attraversata allora e che persisteva in lei anche adesso.

«Guardavo sempre i miei bambini giocare: in fondo, erano stati loro a decretare il successo della Mattel dandoci le idee giuste, sarebbero stati ancora loro a indirizzarci verso il super-giocattolo, quello che tutti avrebbero voluto. Avevo osservato per ore mia figlia Barbara che giocava con le sue amiche sul pavimento. Oramai era quasi una teenager: il suo modo di giocare con le bambole era molto cambiato. Aveva accantonato i bambolotti che ricordavano i neonati e metteva in scena delle vere e proprie situazioni di vita vissuta, dove le protagoniste erano delle ragazze. Ritagliava dai giornali di moda le figure femminili e alcuni capi di abbigliamento, per poi "vestire" le protagoniste delle sue scenette a seconda di quello che stavano facendo. Ebbi un'illuminazione: il mondo delle bambole deve cambiare, pensai. Basta con la vecchia concezione che giocare alle bambole sia il preludio alla maternità, basta con il pensiero che le bambine inscenino le prove generali di loro stesse quando diventeranno mamme. La bambola deve essere una proiezione di come saranno da grandi, nel futuro, possibilmente un futuro roseo, fatto di bellezza e di eleganza. Ascoltavo mia figlia mentre descriveva la giornata della sua bambola adulta: va a fare shopping, va a cavallo, a cena con gli amici, a una festa. E in ogni situazione è pienamente a proprio agio, vestita come richiede l'occasione. Perfettamente inserita nel suo contesto sociale.»

Avevo i brividi: in quella notte incredibile, nel silenzio di quella casa meravigliosa, stavo rivivendo l'atto della creazione di Barbie, la bambola che avrebbe conquistato il mondo, quasi come fosse un essere in carne e ossa che prendeva vita nella mente di Ruth.

«Continuai a osservare Barbara che giocava con le sue amiche per giorni e giorni: la loro fantasia non aveva limiti, le situazioni che creavano per far interagire le loro bambole adulte erano infinite e traevano spunto dalla vita reale di tutti i giorni, rendendola attraente e divertente con le trovate più incredibili. Le protagoniste delle loro scenette impiegavano ore a prepararsi, scegliendo con cura abiti e accessori, per poi recarsi a teatro per la prima di un balletto, a un party esclusivo dove incontravano altre amiche, oppure andavano al ristorante per una cena a base di ostriche e champagne! Non esisteva una professione, né uno sport che non fossero in grado di affrontare con il giusto piglio, c'era l'avvocata, la giudice, l'indossatrice, la dottoressa. Andavano a cavallo, a pattinare, erano campionesse di tennis, intraprendevano viaggi con il loro camper attrezzatissimo. Insomma, erano delle ragazze super che se la spassavano e non pensavano di certo a trovarsi un marito che le mantenesse, erano indipendenti e realizzate al massimo. La mia bambina e le sue amichette erano delle femministe inconsapevoli, felicissime del loro nuovo gioco, che le catapultava in un mondo favoloso ma al tempo stesso reale, possibile.»

Ecco il punto centrale della questione, quella caratteristica sostanziale che rendeva rivoluzionaria l'idea di Ruth e che mi fu improvvisamente chiarissima: a differenza del gioco con un bambolotto che ricrea una situazione di maternità futura, plausibile sì, ma lontanissima nel tempo, quasi una forzatura nello sviluppo psico-fisico di una bambina, l'interazione con la bambola adulta è qualcosa di molto più vicino, di reale, di possibile, pur se nell'iperbole della fantasia. Per una dodicenne che si affaccia alla vita è molto più facile immedesimarsi in una ventenne che fa la modella e viene invitata a un party in piscina, piuttosto che in una madre alle prese con pappe e pannolini.

«Certo, ed è sicuramente più divertente, molto più divertente» mi rispose Ruth quando le espressi il mio pensiero. «Amanda, mi sembra che lei abbia capito perfettamente che giri stesse facendo il mio cervello mentre osservavo Barbara giocare. Decisi che dovevo parlarne al più presto con Elliot, dovevamo realizzare una bambola adulta, giovane, bella, elegante e di successo, la personificazione di tutte quelle fantasie delle bambine, che avevo raccolto e analizzato nei giorni passati. Ero così elettrizzata da questa mia improvvisa consapevolezza che non stavo più nella pelle.»

Una donna contro tutti

Ruth si interruppe per bere un sorso della sua tisana, un infuso di erbe e fiori che aveva offerto anche a me, quando sentimmo un rumore provenire dalla cucina e, dopo poco, vedemmo spuntare Elliot. Era elegantissimo in un pigiama di seta blu notte con i profili bianchi, sul quale indossava una giacca da camera della stessa tinta. «Siete ancora qui, dolcezza?» chiese alla moglie, con il suo tono pacato e amorevole.

Ruth lo invitò a sedersi vicino a lei. «Si sveglia sempre intorno alle tre di notte» mi disse. «Sei arrivato al momento giusto, mio caro. Stavo raccontando ad Amanda di quando ti proposi di realizzare la bambola adulta e tu non fosti proprio d'accordo.» Si girò verso di me con una smorfia divertita. «Mentre gli esponevo la mia idea, mi ascoltava attentamente: dava sempre molto credito a quello che avevo da dirgli e in passato gli avevo già dimostrato più di una volta di essere nel giusto. Man mano che parlavo, però, mi resi conto che lui non vedeva tutta questa eccezionalità nella mia intuizione. Ricordi che cosa mi rispondesti, caro?»

Elliot le fece una carezza tenerissima. «Certamente. Ti dissi: non si è mai vista una bambola con le fattezze di una adulta, perché mai le bambine dovrebbero interessarsi alle cose che fanno le donne grandi, a loro importa solo di giocare. Vede, Amanda, a me non sembrava una buona cosa, perché avevamo già avviato la produzione di una linea di bambole che rappresentavano delle ragazzine... Sì, erano ragazzine sui dodici anni e avevano anche dei vestitini... Ma non è che avessero avuto tutto questo successo. Così le dissi: "Perché dovremmo produrre un'altra bambola, se quelle che abbiamo non vendono bene, non sono piaciute?2 E rincarai la dose: "Ruth, nessuna mamma comprerà mai alla propria figlia una bambola con il seno!".»

Ruth Handler, quindi, aveva contro di sé il marito, che non trovava interessante la sua proposta. Ma lei era assolutamente sicura di avere ragione e determinata a portare avanti il suo progetto.

«Io sono una testa dura, sa, Amanda: niente è per me un forte propellente come qualcosa che mi dicano essere impossibile! E poi ho sempre tenuto a mente una frase che mi diceva mio padre: "Quando hai un perché molto forte, puoi superare qualsiasi come". Ma decisi di aspettare un momento più favorevole, perché non mi piace imporre le mie idee e non avrei mai voluto litigare con Elliot. Meglio tenere la linea morbida. Tanto più che il momento favorevole non tardò ad arrivare. Quell'estate, era il 1956, andammo con tutta la famiglia in vacanza in Europa: Germania, Austria, Svizzera. Continuavo sempre a pensare alla mia idea e guardavo con attenzione le vetrine dei negozi di giocattoli. Un giorno il mio sguardo venne attirato da una bambola che in Germania aveva un certo successo: si chiamava Bild Lilli Doll, era alta una trentina di centimetri e rappresentava una ragazza sui vent'anni. Aveva le gambe lunghe, la vita stretta, era formosa, truccata e pettinata con la coda di cavallo. Ed era venduta con diversi tipi di vestiti. Bild Lilli Doll era la derivazione di un fumetto piuttosto famoso in Germania rivolto agli adulti: era apparsa per la prima volta sul giornale Bild Zeitung il 24 giugno 1952 ed era un peperino. Si manteneva facendo la segretaria e non aveva peli sulla lingua. Non temeva l'opinione degli altri ed era un'anticonformista. Te la ricordi, Elliot?»

«Me la ricordo, sì. Era diversa da tutte le altre bambole che si vendevano in America. Ne comprasti tre con caratteristiche differenti e ce le riportammo a casa a Los Angeles.»

«Proprio così. Il mio incontro con Lilli mi ridette le energie necessarie per creare la mia bambola: questa volta nessuno mi poteva fermare. Finalmente Elliot, convinto soprattutto dalla mia determinazione, decise di avviarne la produzione. Così iniziai a immaginarmi come potesse essere e, naturalmente, la prima cosa fu la scelta del nome, ma anche in questo caso non ebbi alcun dubbio: sapevo che dovevo chiamarla come mia figlia, che aveva ispirato l'intero progetto. Per questo la chiamammo Barbie.»

Notai una vena di orgoglio materno nella voce di Ruth, l'espressione di un amore fortissimo nei confronti di quella figlia così devota e amata. Lanciò uno sguardo tenero al marito, che prese a raccontare i dettagli più tecnici di quella loro incredibile invenzione.

«La nostra Barbie incominciò a prendere forma non solo nella mente di Ruth ma anche in quella di tutti coloro che collaboravano con noi. Decidemmo che dovesse avere una figura esagerata, da pin-up, la vita strettissima, le gambe super lunghe e affusolate, gli occhi grandi e il nasino all'insù. E poi, cosa fondamentale, venne disegnata per stare sui tacchi. Ma se a quel punto Barbie aveva un nome, un volto, delle fattezze, se insomma aveva preso forma nelle nostre menti, ora andava prodotta. E la cosa non era affatto semplice. Le difficoltà inerenti allo stampo seriale del vinile di cui era fatta venivano acuite dalla delicatezza delle sue forme, il vitino, le caviglie strette, le mani affusolate. Ci rendemmo conto che avevamo bisogno dell'aiuto di qualcuno che ne capisse sul serio. E così assumemmo Jack Ryan.»

«Eh sì, e fosti tu a trovarlo. Fu mio marito, Amanda, che mi aiutò, suo malgrado, a risolvere brillantemente la questione di come produrre a costi accettabili e in grandi quantità una bambola così raffinata, che doveva necessariamente essere definita nei minimi particolari in maniera ineccepibile. Le sue manine, con le dita lunghe, erano il mio cruccio. Non volevo che, per questioni puramente tecniche e di budget limitato, la mia creatura avesse le estremità a badiletto! Ma il mio Elliot trovò Jack Ryan. Lo aveva contattato per tutt'altro motivo: ci serviva una consulenza tecnica per realizzare un missile giocattolo. Lui era un ingegnere che all'epoca lavorava per la Raytheon, una società che operava nel settore della difesa e delle tecnologie d'avanguardia. Erano quelli, tanto per capirci, che avevano inventato il forno a microonde. Jack lavorava alla realizzazione dei missili aria-aria, gli Sparrow mi pare si chiamassero, e credo che fosse molto felice del suo lavoro. Ma quando Elliot gli propose di unirsi a noi, perché avevamo bisogno della sua professionalità come ingegnere e in particolare delle sue conoscenze dei nuovi materiali plastici, lui non ebbe esitazioni, si licenziò e fu assunto dalla Mattel. Subito dopo io lo coinvolsi nella progettazione della mia bambola adulta.»

«Caspita, è stato un bel colpo per voi, un collaboratore di quel livello deve aver fatto la differenza» dissi ammirata.

«Vero, fece proprio la differenza» assentì Ruth. «Jack era un uomo straordinario, un vero personaggio. Pensi, Amanda, che diversi anni dopo sposò niente meno che Zsa Zsa Gabor, ha presente, l'attrice ungherese famosa per i suoi tanti mariti? Mi pare che ne ebbe nove, Jack fu il sesto. Be', a parte queste amenità, lui era abituato a risolvere problemi spesso insormontabili e, benché in un campo lontanissimo dalla missilistica militare, la realizzazione tecnica delle bambole Barbie non fu uno scherzetto e ci fece patire moltissimo. Creammo un prototipo che fosse pienamente soddisfacente e rispondente a tutte le caratteristiche che io volevo assolutamente, dopo di che chiesi a Jack di trovare chi potesse produrre le bambole a costi accettabili e lui iniziò una ricerca complessa, che lo tenne occupato a lungo. Alla fine, mi disse: "Solo in Giappone esistono industrie specializzate nel trattamento dei materiali con cui intendiamo realizzare la nostra Barbie. Sono produttori che ci possono garantire un alto livello qualitativo a prezzi contenuti". Ok, vada per il Giappone, dissi! La ditta si chiamava Kokusai Boeki. Ci vollero molti mesi, parecchi viaggi e lunghe riunioni, una quantità esorbitante di lettere, disegni, progetti e modifiche, ma alla fine la Barbie fu pronta. Era esattamente come l'avevo sognata.»

Il debutto americano

«Ero convintissima della mia Barbie ed ero emozionata, come se si trattasse del mio, di esordio: debuttò ufficialmente sul mercato americano il 9 marzo del 1959, in occasione della fiera del giocattolo di New York. Era presentata come *"teen age fashion model"*, chiusa in una bella scatola di cartone bianco con il coperchio illustrato da disegni raffiguranti alcuni abiti della sua collezione. L'avevamo vestita con un costume intero zebrato, bianco e nero, era sia in versione bruna che bionda ed era acconciata con una magnifica coda di cavallo. Aveva perfino un delizioso paio di occhiali da sole con la montatura bianca, che portava delicatamente appoggiati sulla testa, segno distintivo di un glamour che lei sfoggiava con sicurezza. Il suo portamento era superlativo, sembrava proprio quello di una mannequin, di una indossatrice di alta classe.»

Le parole di Ruth erano musica per me: la sua descrizione della prima Barbie corrispondeva esattamente a quella della favolosa bambola adulta che mi aveva regalato mio padre, quell'amica del cuore alla quale avevo confidato tutti i miei segreti di bambina, quella che mi aveva accompagnata nella mia crescita fino all'adolescenza e che non avevo mai allontanato, anche quando ero diventata grande.

Perché per me aveva avuto un ruolo talmente importante da essere come una persona reale, viva, e non avrei mai potuto considerarla solo un giocattolo da scartare, una volta cresciuta. Lo confidai a Ruth e a Elliot, in quella notte senza fine nella quale aprii loro il mio animo, senza timore di essere giudicata una immatura, che affida a una bambola le sue speranze più intime. E li vidi sinceramente commossi.

«Amanda, mi fa tanto piacere sentirle dire queste cose. Sa, quello che ha provato lei, nel corso dei decenni lo hanno provato milioni di bambine in tutto il mondo. Certo, io non potevo ancora saperlo, quel giorno alla fiera di New York, in cui mi stavo giocando tutto: la mia credibilità, quella della Mattel e anche il mio futuro come ideatrice di giocattoli, visto che quella era la mia prima creazione in assoluto. Di certo, non c'era nulla di simile alla mia Barbie, era sicuramente l'unica bambola adulta, la sola con quelle forme, quasi scandalose, con quei vestiti osé, l'unica con un sottile rimando alla sensualità. Ero convinta e soddisfatta del mio nuovo giocattolo, che usciva decisamente dai confini delle normali produzioni tradizionali e che si faceva notare per la sua particolarità. Eppure, ricevetti una delusione cocente: i compratori furono tiepidi, non se ne entusiasmarono affatto. "Ha un aspetto troppo adulto questa bambola: a chi mai potrà piacere? Non alle bambine piccole, che sicuramente non si interessano ancora né di moda né di vestiti, acconciature, trucchi. Non alle ragazze più grandi, che non giocano più con le bambole. La fascia di età a cui può piacere una bambola del genere è estremamente ridotta, la Barbie sarà sicuramente un flop" dissero. Be', la storia, come lei ben sa, mia cara, ha avuto un epilogo molto diverso. Vero Elliot?»

«Sì, tesoro, lo ricordo molto bene. I rappresentanti di giocattoli non volevano comprare grandi quantitativi, temevano di ritrovarsi migliaia di bambole invendute. Io ti dissi: "Te lo avevo detto, no?". Ma appena le Barbie arrivarono sugli scaffali dei negozi, io ero nel torto e tu avevi ragione!.» Elliot non ebbe difficoltà ad ammettere che sua moglie ci aveva visto giusto: «Se alla fiera di New York i rappresentanti di giocattoli si erano dimostrati delusi dalla nuova bambola e non l'avevano degnata di attenzione, prendendone solo alcuni esemplari in conto vendita, la reazione della gente fu esattamente opposta. Le giovani acquirenti impazzirono letteralmente per la Barbie, che piaceva anche alle loro mamme. Era troppo bella, troppo fashion, per non piacere. La mia Ruth ci aveva visto giusto».

Lei sorrise alle parole del marito, ricordando quel trionfo: «Ero al settimo cielo. La prima richiesta nelle letterine di Natale di quell'anno fu la Barbie Doll. Ne vendemmo 350 mila a tre dollari l'una. Le madri e le figlie comprarono quelle bambole in maniera così rapida che furono i consumatori stessi a creare il "caso Barbie" e ne fecero un successo istantaneo».

«Che effetto le fece vedere così tante bambine giocare con la sua creazione?» chiesi ammirata.

«Lo stesso effetto che mi fa ancora adesso. Mi emoziona molto negli aeroporti, o in un qualsiasi luogo dove si trovano riunite delle persone, vedere le bambine giocare con la Barbie, è qualcosa che mi colpisce molto. Sono anche stupita dal fatto che questa bambola abbia avuto un'influenza così grande sulla gente, ma è indubbio che sia stato così.»

Aveva ragione. La Barbie può essere sicuramente catalogata come un fenomeno sociale di massa. Anche perché, per la prima volta nella storia, un giocattolo aveva alle spalle una strategia di mercato basata su una massiccia comunicazione pubblicitaria, anche televisiva: qualcosa di assolutamente innovativo per l'epoca, ma che da quel momento in poi influenzò tutto il settore.

«Avevo già sperimentato la bontà della mia intuizione che la pubblicità dei giocattoli andasse rivolta ai bambini, nelle fasce orarie e durante i programmi a loro dedicati. La sponsorizzazione del Mickey Mouse Club aveva dato ottimi risultati. Così decidemmo di fare altrettanto per la Barbie. Il primo spot pubblicitario che producemmo mostrava la bambola con diversi abiti e altri accessori presentati in maniera accattivante, ma fu l'audio che conquistò tutti. Le parole della canzoncina che accompagnava le immagini dicevano: "Un giorno io sarò come te. Fino a quel momento so cosa fare. Barbie, bellissima Barbie. Farò credere che io sono te!". Eh, già, parlavamo alle bambine, suggerivamo loro di trasformare la Barbie nella proiezione di sé stesse da adulte. In lei potevano scorgere il proprio futuro, ed era un futuro bellissimo, fatto di fascino, eleganza, bellezza, affermazione personale e professionale.»

«Lo so, Ruth» replicai. «È proprio quello che è successo a me» le dissi sorridendo.

5
Alla conquista del mondo

Una famiglia per Barbie

«Guardate... Le prime luci dell'alba... Belle ragazze, io mi ritiro nelle mie stanze. E se vuoi un consiglio, Ruth cara, dovresti farlo anche tu.»

Elliot Handler si alzò con un movimento fluido dal divano sul quale era accoccolata la sua dolce metà. Era stato con noi un paio d'ore, aveva raccontato con grande enfasi la genesi del successo più straordinario della Mattel, la bambola Barbie, ammettendo la lungimiranza della moglie a fronte delle sue iniziali titubanze. Ma ora era stanco, si vedeva che gli serviva un meritato riposo.

Ruth gli dette un sonoro bacio sulla guancia. «Lo sai, caro, che non seguo mai i consigli di nessuno. Se Amanda vuole, ho ancora alcune cose da raccontarle.»

Annuii con entusiasmo: non ero stanca nemmeno un po'. Lui sorrise, accennò un saluto con la mano e sparì oltre la porta del salone.

Ruth si sistemò meglio sul divano e riprese il suo magico racconto. «Barbie oramai era un personaggio famoso e decidemmo di accrescerne il mito, trasformandola in una persona a tutti gli effetti: non solo una bambola bellissima con una quantità impressionante di vestiti e accessori che le bambine potevano acquistare separatamente, ma un personaggio con una propria storia, con una famiglia e con una vita sua. E così, per incominciare, le diedi un nome e un cognome: Barbara Millicent Roberts, di Willows, Wisconsin. Dopo di che, insieme a Elliot e a tutti i collaboratori della Mattel, creammo il suo mondo fantastico.»

Ascoltare il racconto di Ruth mi fece uno strano effetto: constatare che quella che io avevo sempre vissuto come una persona reale, con una vita vera, conosciuta da tutto il mondo fin nei minimi dettagli, fosse nata dalla fervida fantasia di quell'anziana signora che mi stava seduta davanti, mi creò una sorta di corto circuito cerebrale. Era come quando leggi un romanzo a cui ti appassioni in maniera totale, vivendo gli stessi sentimenti, i tormenti, le ansie dei protagonisti, gioendo con loro se sono felici, o piangendo le loro lacrime se loro le piangono. Era come guardare un film che ti fa innamorare, poi per giorni ci vivi dentro e fai fatica a tornare alla tua vita vera. Il mondo della fantasia ha un'attrattiva unica ed è un'esperienza totalizzante. Per me la Barbie era questo, una ragazza in carne e ossa e lo era sempre stata, anche se razionalmente sapevo che era vero il contrario. Ero certa che Ruth fosse ben cosciente di tutto questo, in fondo era una sua creatura, l'aveva pensata lei così, con la sua genialità creativa e imprenditoriale.

«E così Barbie ebbe due genitori, George e Margaret, e negli anni le nacquero molti fratelli e sorelle: Skipper, i gemelli Tutti e Todd, Stacie, Shelly e la piccola Krissy. Ma non è detto che non ne nascano altri, sa, Amanda: la famiglia Roberts può allargarsi in qualsiasi momento.

Questo incredibile numero di familiari creò un nuovo sistema di personaggi e di accessori che appassionarono le bambine, ma iniziarono a interessare anche ai collezionisti. Così allargammo il suo giro di conoscenze: Barbie ebbe una migliore amica, Midge, sposata con Alan, ma anche molti altri amici di etnie differenti, l'ispanoamericana Teresa, gli afroamericani Christie e Steven, fidanzati tra di loro, e Kayla, una ragazza giapponese. Le inventammo anche un curriculum scolastico: prima la Willows High School nel Wisconsin e poi la Manhattan International High School a New York. Dato che io adoro gli animali, diedi alla mia creatura la mia stessa passione: Barbie ha accumulato praticamente uno zoo, oltre quaranta animali fra cani, gatti, cavalli, inoltre un panda, una zebra e perfino un cucciolo di leone. Poi, naturalmente, Barbie si doveva spostare, quindi le facemmo guidare una decappottabile rosa, una Corvette, poi ebbe un camper per le sue gite con le amiche e, nel tempo, le assegnammo molti altri veicoli. L'affollato mondo che gravitava intorno alla sua figura le dette una marcia in più rispetto agli altri giocattoli, la rendeva ancora più reale e tutte le avventure che ci inventavamo, dallo shopping tra sorelle alle gite con le amiche, dalla cena in famiglia con il barbecue in giardino fino alla serata di gala a teatro con i genitori, ogni situazione richiedeva un nuovo vestito e una serie di accessori ad hoc. Fu un successo strabiliante di popolarità e di vendite.»

Gli occhi di Ruth brillavano mentre raccontava lo sviluppo delle sue invenzioni, era come se una luce interna lentamente si irradiasse da tutta la sua persona, conquistando lo spazio intorno a lei. Era una magia stare ad ascoltarla.

Ci vuole un fidanzato

«Aveva tutto, Barbie? No. Qualcosa le mancava. Certo, avevamo creato la ragazza perfetta, bellissima, ricca, intelligente, affermata nei tanti lavori che le sue varie versioni interpretavano, piena di parenti, amici, hobby, sport, animali, case. Ma le mancava qualcosa: le mancava l'amore di un compagno. Per giunta, stavo maturando un nuovo pensiero che aveva una duplice anima, quella che sono io stessa: un'anima creativa e una imprenditoriale. Perché, vede, Amanda, non avevo inventato niente per i maschietti. E io avevo anche un figlio, Kenneth.»

Lo disse abbassando la voce e io sapevo il perché: quel verbo al passato diceva tutto sulla tragedia che aveva colpito la famiglia Handler sei anni prima, quando a soli cinquant'anni Kenneth era stato colpito da un terribile tumore al cervello che non gli aveva dato scampo. Non riuscivo nemmeno a immaginare cosa potesse significare perdere un figlio, non esiste neanche la parola per definire chi subisce un tale affronto dalla vita, ci sono i vedovi, ci sono gli orfani, ma i genitori che seppelliscono un figlio non hanno nome, come se perdessero la propria identità e il proprio posto nel mondo. Mi resi conto ancora una volta di quanta forza riuscisse a sprigionare Ruth da quel suo corpo esile e delicato, e provai per lei un'ammirazione incondizionata un'ennesima volta, mentre si riprendeva, per poi continuare a raccontare.

«Se avessi trovato un equivalente di Barbie anche per i bambini maschi, avrei soddisfatto sia i miei desideri di mamma equa, che vuole dare le stesse cose a tutti i suoi figli, sia quelli di manager della Mattel, duplicando almeno in parte un successo come quello della mia bambola adulta. Ecco perché inventammo Ken, chiamato così dal nome di mio figlio, e Barbie si fidanzò. Anche lui ebbe versioni differenti e varie linee di abbigliamento: c'era il Ken biondo e quello moro, faceva il modello, lo sportivo, l'olimpionico, il dottore e il pilota dell'Air Force, arrivò perfino a fare l'astronauta. Vestiva casual, da spiaggia, in smoking, pronto per un safari fotografico e inventammo anche l'Earring Magic Ken, che indossava un piccolo cerchio al lobo ed era confezionato con un paio di orecchini da bambina in regalo, un omaggio per le piccole acquirenti. Fu una versione che divenne molto popolare nella comunità gay. Anche per lui pensammo a un nome completo, Kenneth Sean Carson e, come Barbie, lo facemmo nascere a Willows, nel Wisconsin: vista la loro comune attività di modelli, li facemmo incontrare in uno studio televisivo, durante le riprese di uno spot pubblicitario a cui partecipavano. E fu subito amore.»

«Ruth, mi dica una cosa» le chiesi, incuriosita. «Ken fu introdotto sul mercato l'11 marzo del 1961, esattamente due anni dopo la Barbie. Ma all'epoca suo figlio aveva solo diciassette anni e, al di là del nome, dubito che potesse ispirarvi nella creazione del personaggio Ken. A chi pensava quando decise di dare un compagno a Barbie?»

Sorrise con aria furbetta: «Questa è una domanda impertinente, mia cara! Ma sì, ha ragione, fu Elliot a ispirarmi. Vede, Amanda, io sono stata e sono una moglie molto felice. Mio marito mi ha sempre amata teneramente, è un perfetto cavaliere, non ha mai alzato la voce una volta in sessant'anni, è stato un padre amorevole e presente. Volevo che anche la mia Barbie avesse un compagno come lui, anche se poi nella loro relazione le cose hanno preso una piega differente, perché Barbie e Ken devono restare sempre giovani, non invecchiano mai e quindi non si sono neanche mai sposati. Sono eterni fidanzati».

«Perché questa scelta, Ruth, me la spiega?»

«Mia cara, così come i bambolotti non crescono mai, restano sempre dei neonati, così Barbie è un'eterna ragazza. Il suo stile di vita, la spensieratezza che deve trasmettere, tutta la sua persona deve trasudare giovinezza. È questo il suo segreto, l'immutabilità. Solo in questo modo ha potuto essere l'amica del cuore di tre generazioni di bambine, hanno giocato e sognato con lei le nonne, le mamme e le figlie e non credo che si fermeranno qui. Ogni bambina ha la sua Barbie del cuore, per quanto il mondo possa evolversi e cambiare. Lei è e rimane la prospettiva di un futuro radioso, dove tutto può accadere, basta volerlo.»

Barbie, *you can be anything*!

«Ecco Ruth, a proposito di questo, mi racconti del motto "Barbie, *you can be anything* – Puoi essere tutto"» le chiesi, curiosa di sapere come fosse nata quella che sarebbe stata la linea guida nelle vite di milioni di bambine, me compresa.

«Si ricordi, Amanda, che il messaggio che io volevo veicolare con la mia bambola adulta era ben differente da quello delle altre bambole. Come le ho già detto, giocare con lei non doveva essere il preludio a una vita da mamma, moglie e casalinga. Era vivere il divertimento, lo svago, la bellezza, ma era anche mostrare attraverso Barbie la reale possibilità di essere qualsiasi cosa si desiderasse essere. Un concetto potentissimo. Ecco, questo è stato il mio fine ultimo: la nostra bambola adulta doveva essere un modello da seguire, un esempio per tutte. La sua carriera la studiammo a tavolino per mostrare alle ragazzine in quante diverse professioni potesse eccellere una donna. Anche per vendere altrettante versioni della bambola, questo è chiaro: io sono un'imprenditrice, la Mattel è un'azienda che vende prodotti e più ne vende, meglio è, naturalmente. Ma c'è tanto di più nella filosofia di vita che esprime il motto di Barbie: un concetto forte di autoconsapevolezza. È impossibile elencare tutte le professioni che creammo in quei primi anni, ne pensammo davvero tantissime: modella, fashion designer, insegnante, babysitter, infermiera, dottoressa, assistente di volo, astronauta, ballerina, cantante, business executive. E, badi bene, non finiranno mai, perché Barbie si evolve con l'evolversi della società, questa è la sua grande forza.»

Mi resi conto di quanto Ruth avesse ragione: la sua Barbie aveva travalicato il mondo dei giocattoli, era diventata un'icona, un fenomeno di costume in grado di trasformarsi continuamente, adattandosi ai gusti, ai cambiamenti e ai valori delle diverse epoche che attraversava. Aveva modificato la propria estetica, il proprio stile, i messaggi che veicolava e lentamente, senza che ce ne accorgessimo, da giocattolo leggendario era arrivata a rivestire il difficile ruolo di modello intergenerazionale, amata dalle nonne, dalle mamme e dalle figlie che si ritrovavano in lei e in lei vedevano un esempio in cui specchiarsi.

«La mia Barbie è una donna di grande temperamento e la sua ambizione non ha limiti. Potrebbe arrivare ovunque, perfino alla Casa Bianca! Sa una cosa, Amanda? Barbie ci stupirà sempre, continuerà a farlo anche quando io non ci sarò più. E, grazie a lei, una parte di me non morirà mai e, insieme a lei, anche io resterò per sempre giovane.»

Furono le ultime parole che Ruth pronunciò al termine di quella lunghissima confessione, durata una notte intera. Albeggiava quando si sollevò con un po' di fatica dal divano che l'aveva accolta per così tante ore. Mi chiese se desideravo dormire lì, avrebbe dato ordine che mi preparassero una camera degli ospiti, ma io declinai l'invito.

«Preferisco tornare a casa dallo zio Bud, grazie, prenderò un taxi» le risposi.

Non sapevo come iniziare a dirle grazie per quel racconto incredibile, ma lei mi precedette. «Non mi ringrazi, Amanda. Se vuole rendermi il favore, scriva quell'articolo e faccia conoscere questa storia nel suo paese. E ora le auguro un buon riposo.»

Ho una storia da raccontare

«Mi rincresce, zio, ma non posso venire con te. Devo assolutamente mettere nero su bianco tutto quello che mi ha raccontato Ruth la scorsa notte.»

Stavo rifiutando uno di quegli inviti irrifiutabili a cui mi aveva abituata Bud da quando ero sua ospite, una proposta che avrebbe reso felice chiunque: si trattava di una gita di due giorni in Messico, a Tijuana, splendida cittadina di confine della Bassa California dove un amico dello zio, un certo Ramon Di Lucia, gestiva il bar del Casino Caliente.

«Ma tesoro, tu non sai cosa ti perdi! Ramon è un tipo divertentissimo, potremo entrare al Casino, giocare, rilassarci in spiaggia e, se ti va, fare shopping in Avenida de la Rivolucion. Sono solo due giorni, come potresti mai dimenticarti il racconto di Ruth?»

Aveva ragione, ma il mio cervello era come annichilito. Ero rientrata a casa che albeggiava, mi ero buttata sul letto nella mia camera quando il sole già faceva capolino, ma non ero riuscita a chiudere occhio. Il racconto di Ruth e tutte quelle informazioni che mi aveva elargito a profusione, con grande generosità, si animavano dentro di me e davanti ai miei occhi, come fossero le scene di un film. Le avevo ripercorse tutte, meticolosamente, ma sapevo che dovevo fissarle in maniera indelebile, per non farmi sfuggire nemmeno il più piccolo particolare, quella certa inflessione, quell'esitazione che diceva più di mille parole. Non volevo dimenticare il suono della voce di Ruth, che era ricco di modulazioni tra le più disparate, a corollario di emozioni così distanti fra di loro da apparire incongrue, ma che, al contrario, erano tutte parte di un unico universo straordinariamente variegato e ricco. L'anima di quella dolce signora tanto forte e determinata si era aperta dinnanzi a me, ma non lo sarebbe stata in eterno, dovevo catturarne l'essenza per non farmela sfuggire più.

«Lo so, zio, lo so. Ti sembrerò una folle, ma non posso farci niente. Vai tu, io resto a casa, così potrò concentrarmi e quando tornerai, sarò più libera e potremo fare altre cose insieme. Te lo prometto.»

Accettò, anche se con una punta di rammarico per la

bella vacanza che mi sarei persa, ma già proiettato verso quell'esperienza nuova.

Rimasi sola, esattamente come desideravo, e potei raccogliere le idee, trascrivere ogni informazione nei minimi dettagli e rivivere la magia di quella notte fatata. Ci misi una giornata intera, mi accorsi solo a notte inoltrata che non avevo né mangiato, né bevuto per tutto quel tempo, non mi ero mai mossa dalla scrivania e dal mio computer, avevo scritto pagine e pagine su quel miracolo che era stata l'invenzione della prima bambola adulta al mondo, sull'incredibile avventura di vita della sua creatrice e anche sulla mia personale percezione di tutto quel racconto. Felice ed esausta, mi accasciai sul mio letto e non mi accorsi di altro fino a quando fui svegliata dal richiamo insistente di una voce che ben conoscevo: «Amandaaa, ci seiii, sei svegliaaa?».

«Sì, ci sono, ci sono, aspetta che scendo e ti apro.» Arrivai barcollando alla porta finestra che dava sul patio e vidi una specie di angelo biondo che mi sorrideva, agitando le braccia.

Era Rudy, tutta completamente vestita di bianco dalla testa ai piedi: indossava un mini caftano che lasciava intravedere un bikini microscopico, ciabattine e borsetta in tinta, e un enorme cappello a tesa larga, anch'esso candido e immacolato. Mi accorsi solo in un secondo tempo che anche le sue lunghissime unghie rispettavano la stessa scelta cromatica come, d'altronde, il luccicante guinzaglio del piccolo Chou Chou, anche lui bianco come la neve.

«Hai dormito tutto il giornooo? Sono passata stamattina ma non mi hai risposto!»

«Santo cielo, ma perché, che ore sono?»

Erano quasi le sette di sera e, quindi, sì, avevo dormito sempre.

«Eri tanto stanca, poveraaa. Bud ci ha detto che la signora Handler ti ha tenuta sveglia tutta la notte. Chissà quante cose ti ha raccontato… Sarai contenta, no? Non era questo quello che volevi?»

Era esattamente quello che volevo e dovevo ringraziare proprio lei, la mitica Rudy. Cosa che stavo per fare con grande trasporto, quando lei mi anticipò con una notizia che mi destabilizzò ancora di più. «Devo dirti una cosa, Amanda. Credo che la tua avventura non sia ancora conclusa, sai? Barbara mi ha detto che la madre è rimasta molto colpita da te e dai tuoi ricordi di bambina e vuole rivederti. Ha detto che al suo racconto manca un capitolo molto importante, senza il quale la tua storia sarebbe del tutto incompleta. Tra qualche giorno mi farà sapere quando sarà possibile tornare da loro. Che ne pensiii?»

Ero felicissima, neanche a dirlo. Quello che mancava lo sapevo bene: era un evento molto, molto privato che era accaduto a Ruth e che non avevo idea lei desiderasse includere nell'intervista. Mi preparai psicologicamente ad accogliere ancora una volta le confidenze di quella super donna che, anche nei momenti più bui della sua esistenza, era riuscita a dare un senso e una dimensione universale a qualcosa di altamente personale.

6
Nearly Me

Barbie, aiutami tu

«Mi sono sempre appoggiata alla mia Barbie e penso che lei, Amanda, possa capirmi, dato che mi ha confessato che le è successa la stessa cosa.»

Stavo incredibilmente raccogliendo per la seconda volta le confessioni più intime di Ruth Handler, la mitica creatrice della prima bambola adulta al mondo, la più venduta, la più amata, la più imitata: la Barbie. Ancora una volta lei, la super imprenditrice fondatrice della Mattel, aveva eletto a sua confidente me, Amanda Caesar, giornalista italiana a lei del tutto sconosciuta. Senza rendermene conto, ero riuscita a infrangere il muro di silenzio che Ruth aveva innalzato a difesa della sua privacy, accettando di raccontarsi a me perché io potessi, a mia volta, raccontare lei ai miei lettori in Italia.

Quella dell'intervista era stata una scusa, la verità era ben più profonda dentro di me e sentivo che era anche la ragione per la quale ero riuscita a conquistare la sua fiducia: era tutto racchiuso dentro l'amore che, fin da piccolissima, avevo riversato sulla mia Barbie, divenuta la mia confidente e colei che, grazie alla sua semplice esistenza, mi aveva fatto credere nei miei sogni di ragazzina. Sapevo che il mio racconto aveva colpito molto Ruth, ma sinceramente non mi aspettavo una seconda chiamata.

Quando la super bionda Rudy Bogdanovic mi aveva comunicato che Ruth intendeva rivedermi, perché al racconto che mi aveva fatto mancava una parte molto importante della sua biografia, ero rimasta dapprima folgorata come San Paolo sulla via di Damasco, felicissima di quella seconda opportunità, per poi stupirmi profondamente. Sapevo di cosa mi avrebbe parlato Ruth, ero certa che l'argomento riguardasse la sua malattia e tutto quanto era scaturito da essa: non avrei mai immaginato che intendesse condurmi fin laggiù, nelle profondità della sua disperazione. E invece mi sbagliavo.

Mi dette appuntamento verso le 19 al Polo Lounge del Beverly Hills Hotel, nel Sunset Boulevard, un luogo memorabile, teatro di eventi storici straordinari, come la drammatica riunione di alcuni dei protagonisti del famoso scandalo Watergate, o come le riprese di film entrati nella leggenda, *American Gigolo,* con Richard Gere, o *Hannah e le sue sorelle* di Woody Allen, tanto per citarne alcuni. Insomma, un luogo che avrebbe fatto sentire inappropriata anche una regina tanto era mitico, elegante e raffinato. Ma lei, Ruth, che si presentò da sola, era di casa lì e mi mise immediatamente a mio agio, facendomi portare una spremuta di agrumi e alcuni stuzzichini.

«Come è capitato a lei, Amanda, anche io mi sono sempre confidata con Barbie, certo non come può succedere a una ragazzina e non con una bambola in particolare. Era più una sorta di alter ego, per me, una proiezione nel mondo della mia fantasia, a cui potevo dire tutto senza sentirmi giudicata. In fondo io e la mia bambola siamo un po' la stessa persona, abbiamo lottato compatte contro tutti per emergere e ce l'abbiamo fatta. Barbie è una tosta, sa?»

Lo sapevo, eccome, capivo pienamente quello che Ruth mi stava raccontando e avevo sperimentato in più occasioni la solidità di quell'amica immaginaria, che assumeva di volta in volta ruoli differenti: compagna di giochi, confidente, sostenitrice, una che in qualche caso mi aveva perfino sgridato, quando avevo lasciato che si impadronissero di me la pigrizia, o lo sconforto, o la sensazione di non farcela. Bastava guardarla, la mia Barbie, per rimettermi subito in carreggiata. Quindi non ebbi difficoltà a capire quello che mi stava raccontando Ruth.

«Quando hai cinquantaquattro anni, un marito che adori e che ti adora, due figli adolescenti splendidi, che ami più di te stessa e che ti danno grandi soddisfazioni, sei parte di un sogno divenuto realtà. Quando hai la tua azienda a lungo desiderata, hai un successo mondiale con la Barbie e tutti gli altri favolosi giocattoli prodotti da Mattel, be', non puoi volere altro e credi che la tua vita meravigliosa non cambierà mai, resterà così com'è per sempre: perfetta, immutabile, granitica nella sua straordinarietà. Poi, un giorno, fai un controllo perché hai qualche disturbino di salute, niente di che, e improvvisamente il mondo ti crolla addosso. I medici emettono una sentenza che ti appare assurda, senza appello, senza speranza: cancro. Pensi: è a me che lo stanno dicendo, proprio a me? Ma io sto benone, si stanno sbagliando. E invece no. Era il 1970 e mi fu diagnosticato un tumore al seno.»

Non era facile per Ruth trovare le parole adatte per quel racconto, che mi arrivava quasi come un pensiero interiore espresso ad alta voce. Non era facile neanche per me sostenere il suo sguardo mentre l'ascoltavo.

«Ora so che non sono morta di quello, sono passati trent'anni, ma allora non potevo saperlo e per me fu come scendere negli inferi. Ho visto il diavolo, Amanda, l'ho visto nascondersi dentro il mio male e cercare di divorarmi.»

Mi sembrava di trovarmi all'interno di una bolla atemporale, sospesa tra l'orrore di quel racconto di sofferenza, di sgomento, di paura e il luogo dove tutto stava accadendo, il magico Polo Lounge con la sua bellezza avvolgente, che mi dava la sensazione di trovarmi a casa pur essendo mille miglia lontana dal mio paese. Anche Ruth era così per me: mi pareva di conoscerla da sempre adesso, come fosse una di famiglia, eppure era sempre diversa nelle sue mille sfaccettature.

«Ebbi paura, una paura che mi dava il vomito. Gli anni Settanta non sono gli anni Duemila, mia cara, allora parlare di tumore era quasi un tabù, per assurdo ti sentivi quasi in difetto a esserti ammalata, come se fosse colpa tua. E poi... Avevo troppo da perdere e non potevo rassegnarmi, la mia vita stessa era stata come un bel film a cui mancava il finale e quel finale volevo scriverlo io, non doveva essere *lui* ad avere l'ultima parola. Ne parlai con la Barbie dentro di me, e lei mi disse: "Puoi essere tutto, ricordi? Puoi semplicemente abbandonarti a questo dolore, oppure puoi lottare e sconfiggerlo. E tu, cara Ruth, sai bene come farlo!". Aveva ragione: io sono sempre stata una combattente e anche quella volta, visto che era in atto una guerra, avrei imbracciato le mie armi e avrei dato del filo da torcere a quel maledetto. Presi la mia decisione, consapevole di quello che avrei dovuto passare, ma certa che ne sarei uscita vincitrice. Ed eccomi qua!»

Torno a essere "quasi me"

Sorrideva, seduta come una regina davanti a me, elegante e consapevole di sé stessa. Quella deliziosa ottantaquattrenne aveva superato ogni ostacolo, anche i più tremendi, per trovarsi ora proprio lì, per fornire a me e a tutto il mondo un esempio di resistenza attiva e mai banale.

«Vuole raccontarmi come andò, Ruth?»

«Mi operarono. Stiamo parlando di trent'anni fa, oggi le tecniche sono decisamente molto meno invasive, ma allora ti scavavano via il corpo. Per sicurezza mi tolsero entrambe le mammelle e rimasi così, come un busto scolpito malamente da uno scultore senza arte. I miei figli non mi hanno mai vista in quello stato, mentre a Elliot volli mostrarmi in tutta la mia orrenda nuova immagine, che non riconoscevo più. Mi erano stati tutti vicini, ma lui fu speciale, perché mi fece sentire ancora una donna desiderabile, nonostante tutto: "Io ti amo, Ruth" mi disse subito dopo l'intervento. "Amo quella che sei dentro, la mia meravigliosa moglie, ma amo anche quello che c'è fuori, sei bellissima e lo sarai sempre. Niente è cambiato per me".»

Aveva gli occhi pieni di lacrime mentre ricordava le meravigliose parole di suo marito, e io non feci fatica a credere a ciò che le aveva detto: Elliot era un essere speciale, avevo avvertito di persona l'amore che provava per Ruth durante la notte dell'intervista e non mi stupii nel sentire che le prime frasi rivolte alla moglie al suo risveglio dopo l'operazione erano state una dichiarazione d'amore.

«Elliot è il marito che vorremmo avere tutte» dissi, sorridendo. «È stata molto fortunata ad averlo incontrato a quel ballo.»

Proprio allora ci portarono una *caesar salad*, che Ruth aveva ordinato perché «è la sua insalata, Amanda, ha il suo stesso cognome!». Quella interruzione e la richiesta del cameriere se andasse tutto bene smorzarono quel momento di commozione che aveva assalito entrambe.

«È molto gentile, Ruth, la ringrazio tanto di questo invito in questo luogo mitico, proprio non me lo aspettavo» le confessai, guardandomi intorno entusiasta.

«Qui è tutto superlativo» disse, «ci vengo spesso, è il mio posto tranquillo dove ricarico le pile. E riguardo all'intervista, be', lei, Amanda, sa ascoltare. Ed è una qualità molto rara. Inoltre, non sarebbe stato un resoconto completo, il suo, se avesse omesso questa fase così cruciale della mia vita. Vede, dopo l'operazione io non mi sentivo più quella di prima, qualcosa di ineluttabile era accaduto dentro di me, non sarei mai più stata la stessa. Però potevo avvicinarmici molto, potevo lavorarci su per far sì che la Ruth di prima fosse quasi come la Ruth di dopo. E sa una cosa? Compresi che la mia immagine riflessa nello specchio mi riportava sempre indietro, dentro la malattia, mi impediva di procedere con la mia nuova vita. Una volta rimarginate le ferite, quando mi vestivo non mi piacevo più e le protesi che mi avevano proposto in ospedale, che andavano inserite nel reggiseno, erano brutte, mi facevano male e avevano una forma innaturale. Erano state ideate dagli uomini, che non dovevano indossarle».

Questa frase di così grande effetto, "ideate dagli uomini, che non dovevano indossarle" l'avevo già letta, era stata riportata più volte dai vari giornali che avevano intervistato Ruth ai tempi, ma non ne avevo compreso il senso più vero, che ora mi si stava svelando in tutta la sua profondità.

«Dovevo tornare a essere quasi me, non proprio me, ma quasi. Mi ricordo molto bene l'attimo in cui presi la decisione di fare qualcosa: ero nella mia camera, da sola, e diverse Barbie da collezione che avevo sulla mia scrivania mi guardavano assorte. Care ragazze, pensai, qui dobbiamo darci da fare e creare qualcosa che ancora non c'è, ma che è assolutamente necessario. Ebbene, cosa sapevo fare io? Le bambole. E di cosa sono fatte le bambole? Di plastica. Manipolare la plastica per plasmare qualcosa che ancora non c'era mi aveva portato al successo, ora non dovevo far altro che ripetere la sequenza. Dovevo plasmare la plastica per realizzare quello che ancora non c'era, un seno di gomma, che fosse il più simile a quello naturale, piacevole al tatto e da indossare senza provare fastidio. Doveva essere qualcosa che mi facesse ritornare quasi me. Ecco perché ho creato Nearly Me, per aiutare me e tutte le donne come me, operate oncologiche, a ritrovare sé stesse. Anche l'esperienza più tremenda può essere trasformata in un'opportunità, Amanda, e subito ci appare per quella che è: qualcosa da superare, lottando.»

Sembrava così facile, un ragionamento che non faceva una grinza. Eppure, facile non era: né pensarci, né metterlo poi in pratica.

«Come si è mossa dal punto di vista produttivo?» le chiesi, curiosa.

Ruth ha sempre avuto delle doti imprenditoriali che sono assolutamente uniche: provai a pensare a me stessa in quella situazione, anche se avessi avuto l'idea non avrei davvero saputo come agire per realizzarla.

«Be', Amanda, io ero già abituata, sapevo come sviluppare un nuovo prodotto, lo avevo già fatto con la mia Barbie. Creai la Ruthton Corporation e con Peyton Massey, un artigiano che mi era stato presentato per altri progetti, realizzammo dei prototipi di protesi in sapone e silicone. Ovviamente fui io la prima a sperimentarli, a trovare pregi e difetti e a modificarli fino a ottenere un prodotto veramente efficace sotto tutti i punti di vista. Quando ne fui soddisfatta io, allora iniziammo la produzione. Era una nuova avventura, in cui mi ero ritrovata mio malgrado, ma che mi dette la possibilità di sentirmi nuovamente "quasi me" e che aiutò e continua ad aiutare tantissime donne che si sono ritrovate e si ritrovano nella mia stessa condizione.»

Una First Lady per combattere

«Oggi le cose sono cambiate, se ne parla, il tumore non è più un tabù. Ho sentito uno slogan molto efficace, "Di cancro si vive", che dà la misura di questo cambiamento. Ci sono cure, prevenzione, la chirurgia plastica, sono stati fatti passi da gigante. Ma se torniamo agli anni Settanta, quello che avevano a disposizione le donne che avevano subìto una mastectomia oncologica come me era praticamente lo zero assoluto: nessuna informazione, niente associazioni che potessero riunire le malate, per essere loro vicine e ascoltare le esperienze di chi era passata attraverso l'inferno. Niente di niente. Noi, con Nearly Me, fummo una realtà tangibile, che non solo realizzava un prodotto in grado di risolvere un problema reale, ma dava speranza a chi ne aveva tanto bisogno. Creammo una comunità che si strinse attorno al dolore di tutte, per cercare di sconfiggerlo, e di questo sono orgogliosissima!»

«E fa bene a esserlo. Mi risulta che lei abbia avuto un'alleata molto famosa e influente» le dissi, dandole il la per un ultimo racconto.

«Esattamente. Nel 1974, subito dopo l'elezione del marito Gerald Ford a Presidente degli Stati Uniti, la nostra amatissima First Lady, Betty Ford, scoprì anche lei malauguratamente di avere un tumore al seno, fu operata e mi chiese di realizzare per lei delle protesi Nearly Me su misura. Ci incontrammo e fu un momento molto commovente per entrambe: io c'ero passata da poco e non avevo di certo dimenticato il senso di angoscia che ti attanaglia la gola, la paura che si impossessa di te, dei tuoi pensieri, togliendoti il fiato. Rivivevo in lei tutto quanto avevo appena passato e questo ci unì senza dover dire tante parole. I chirurghi che ci avevano operate ci avevano parlato dell'importanza della prevenzione, un concetto allora praticamente sconosciuto. Le indagini preventive, di routine, potevano salvare molte vite perché il tumore, se preso in tempo, poteva essere operato con successo e nella maggioranza dei casi non si sarebbe ripresentato più, diventando solo un brutto ricordo. Ma bisognava parlarne alle donne, infrangere il muro di omertà che circondava quello che era considerato un tabù. Ne parlammo e Betty fu immediatamente d'accordo con me sulla necessità di promuovere campagne di informazione e di controlli gratuiti periodici, rivolti a tutta la popolazione femminile. Se oggi tante donne in tutti gli Stati Uniti e, forse, nel mondo, sono ancora tra di noi e conducono una vita sana e appagante, be', sono certa che lo si debba alle azioni congiunte che molte associazioni poterono organizzare grazie all'intervento illuminato della nostra First Lady.»

Aveva parlato tutto d'un fiato, Ruth, si vedeva che l'argomento le era caro e, non a caso, il suo interessamento e le sue attività filantropiche erano stati talmente determinanti da farle meritare il Volunteer Achievement Award dell'American Cancer Society, uno dei tanti riconoscimenti e degli svariati premi che questa donna straordinaria poteva vantare.

«Ora sa veramente tutto di me, Amanda, credo che a questo punto lei abbia materiale a sufficienza per il suo articolo» mi disse con un sorriso dolcissimo. «O forse per qualcosa di più, magari un libro: ci ha mai pensato? C'è ancora qualcosa che posso fare per lei, mia cara?»

«Una cosa ci sarebbe, Ruth.» Non avevo sperato che me lo chiedesse. Contavo di trovare le parole per farle una richiesta che avevo alimentato dentro di me, una speranza segreta che coltivavo dai tempi della mia adolescenza. «Vede Ruth, le ho detto quanto sia stata importante Barbie per me. Negli anni, ho aspettato con trepidazione l'uscita di ogni singola nuova edizione della sua bambola, felice di vedere che l'elenco delle professioni alle quali si affacciava con successo erano le più disparate e, sempre di più, quelle un tempo riservate solo agli uomini. Ma non ho avuto mai la soddisfazione di vedere una Barbie giornalista e sarebbe per me una grandissima gioia se lei potesse suggerire alla Mattel anche questa ennesima professione per la nostra amica.»

Sembrò rifletterci un attimo: «Credo che possa essere un'ottima proposta. Ci penserò» rispose, alzandosi. «Lei resti pure quanto vuole e assaggi uno dei deliziosi dessert del menu, sono davvero squisiti. Naturalmente, è mia ospite. Io però devo andare, la mia età avanzata mi impone pochi dolci e molto riposo. Sono stata felice di conoscerla, Amanda, mi faccia sapere se il suo racconto avrà successo nel suo bellissimo paese.» Si allontanò con quel suo incedere elegante e uscì dalla porta a vetri del Polo Lounge, ma si girò un'ultima volta, prima di scomparire, e con le dita alle labbra mi indirizzò un bacio affettuoso.

Grazie, Ruth Handler, ti voglio bene come voglio bene alla tua mitica bambola.

7
Mai più la stessa

Torno a casa

«Ma quindi, sei proprio sicura di voler andare, domaniii?»

Il labbro piegato all'ingiù di Rudy era la prova evidente del suo dispiacere nel sapermi in partenza, cosa che aveva dimostrato fin dal giorno in cui avevo annunciato il mio ritorno a casa. «Sì, ho prenotato il volo, devo tornare al lavoro e poi devo scrivere l'articolo su Ruth» le dissi.

Se ne stava sdraiata al sole, sul bordo della sua magnifica piscina, completamente avvolta nelle *nuances* del verde smeraldo, bikini, cappello, sandaletti e unghie comprese. Al riparo dai raggi infuocati, sotto un mini ombrellino, anch'esso verde, riposava il tenero Chou Chou. Mi aveva invitata per un aperitivo sperando, così mi aveva raccontato lo zio Bud, di farmi cambiare idea.

«Potresti restare ancora un mesetto, fino al mio compleannooo: ho in mente un mega party e non sarà la stessa cosa senza di te, Amandaaa!»

Mi commosse la sua infinita gentilezza: «Rudy, tu sei una persona speciale, lo sai? Hai fatto tanto per me e io non potrò mai ringraziarti abbastanza. Senza nemmeno conoscermi, sei stata una vera amica e non lo dimenticherò. Ora devo andare, ma se tutto va come dico io, per il tuo compleanno penso di poter tornare, ok?».

Il suo sorriso smagliante fu la miglior risposta: mi abbracciò, felice. «Allora ci contooo. Ah, per il vestito non ti preoccupare, te lo prendo io. Così non rischiamo di averlo uguale!»

Mitica Rudy, mancava oltre un mese alla festa e già si stava organizzando per la scelta degli outfit da sfoggiare.

Naturalmente, ero molto triste all'idea di lasciare quel luogo di sogno e tutti coloro che avevano reso il mio soggiorno una favola, primo fra tutti lo zio Bud. «Di certo la vita che conduco a Milano non è neanche minimamente paragonabile a quella che mi fai fare tu qui, zio» gli dissi mentre mi accompagnava all'aeroporto. «Mi piange il cuore a lasciarti, sei stato un vero angelo.»

«Dai che torni presto, il compleanno di Rudy è fra poco più di un mese, glielo hai promesso, devi esserci. Ora vai a casa, scrivi il tuo racconto su Ruth e poi ritorni, ok?»

Certo, avrei fatto così, non potevo mancare.

Non persi tempo, già durante il volo misi giù lo schema del mio racconto, sulla base di pagine e pagine di appunti che avevo scritto nei giorni successivi all'intervista. Ero pronta, sapevo che la mia storia sarebbe venuta bene e che le sorelle ne sarebbero state entusiaste.

Il rientro in ufficio fu scioccante, rivedere le facce pallide dei miei colleghi mi fece capire che negli ultimi quindici giorni avevo vissuto in un sogno. Io, in confronto a loro, sembravo appena rientrata dalla Parigi Dakar: nonostante le creme a protezione totale, che avevo usato abbondantemente, sfoggiavo un colorito tendente al biscotto bruciacchiato e facevo parecchia invidia a tutti.

«Ti sei riposata, cara, sono andate bene le tue vacanze?» mi chiese Franca Solani, quando andai a salutarla nel suo ufficio.

«Molto bene, grazie, lo zio Bud è sempre il solito e la sua vita è più splendida che mai. Avrei una proposta da farvi, Carla non c'è?» chiesi, ben sapendo che tutte, ma proprio tutte le decisioni che riguardavano la rivista le sorelle le prendevano all'unisono.

«Arriva nel pomeriggio, è andata a un evento di Dolce e Gabbana. Cos'hai per le mani, qualche scoop hollywoodiano?»

Le risposi con un sorriso enigmatico e vorticai l'indice in aria, dandole appuntamento a più tardi. Avvertivo una strana euforia, qualcosa di impercettibile che mi aveva lasciato addosso Ruth, mi sentivo quasi invincibile e compresi che, da quel viaggio, ero tornata cambiata, con una marcia in più.

Non ero la stessa Amanda, una nuova consapevolezza mi stava trasformando in una versione migliore della me di prima. Era come se stessi compiendo un viaggio al contrario rispetto a quello che mi aveva raccontato Ruth, sentivo di essere stata fino a quel momento soltanto *nearly me*, "quasi me", ma non del tutto me. Come se qualcosa mi frenasse.

Ora mi sembrava tutto possibile e quel desiderio antico e mai confessato di diventare scrittrice mi apparve semplicemente possibile.

Ero veramente felice.

Un successo annunciato

«Be', che dire, Amanda, è una bomba!»

Carla Solani guardava sua sorella Franca con gli occhi sgranati. Avevano ascoltato il mio racconto sempre più affascinate, man mano che mi addentravo nei particolari dell'incredibile vita di Ruth. Erano rimaste in silenzio per un tempo esageratamente lungo, calcolando chi erano e quanto spicce fossero nelle loro decisioni.

«Vai avanti, prenditi tutto il tempo che ti serve, ma dai priorità assoluta a questa storia» disse Franca. «La pubblicheremo come allegato speciale, inserendo foto e altre informazioni sulla bambola. Faccio contattare immediatamente la Mattel, vediamo che tipo di accordo possiamo concordare con loro.»

Sapevo che, quando le *sisters* si attivavano, non c'era ostacolo che potesse fermarle ed ero certa che avrei avuto tutto il sostegno possibile. Mi ero già alzata per congedarmi e chiudermi in ufficio a lavorare, quando Carla mi sorprese con una affermazione che non mi sarei mai aspettata: «Ora scrivi l'articolo, Amanda, ma poi riflettici, potresti pensare di farlo diventare un libro, la vita di questa grande donna è un vero romanzo!».

Anche lei. Era la seconda persona che mi suggeriva questo sbocco editoriale sorprendente, al quale non avevo mai pensato fino ad allora, scrivere un libro. Io sono una giornalista, sono abituata alle storie brevi, a poche cartelle, e cimentarmi con un progetto delle dimensioni di un romanzo mi aveva sempre spaventata. Ma non avevo ancora conosciuto la mitica Ruth.

L'articolo lo buttai giù di getto, senza mai fermarmi, o quasi: le parole mi venivano spontanee, come se la mia intervistata fosse stata lì a suggerirmele. La sentivo vicina e non volevo deluderla: avevo già preso accordi con la figlia Barbara per mandarle il mio lavoro una volta terminato, perché mi erano sembrate entrambe curiose di sapere cosa avrei scritto. E così feci: prima ancora di consegnare l'articolo alle mie cape, lo inviai per mail a casa Handler. Specificai che non avrei pubblicato nulla che non fosse stato prima approvato da loro e chiesi, quindi, che mi facessero sapere cosa ne pensavano. La risposta non tardò ad arrivare: due giorni dopo Barbara mi spedì una mail di congratulazioni da parte di tutta la famiglia, con un allegato, la foto di un biglietto scritto di pugno da Ruth: "Cara Amanda, lei mi ha dipinta come avrebbe fatto uno dei vostri straordinari artisti italiani del Cinquecento, una sorta di Monna Lisa delle bambole, un ritratto sensibile e affettuoso del quale la ringrazio con tutto il cuore. Spero che piaccia al suo pubblico. Mi faccia sapere. Con gratitudine, Ruth".

Era fatta, avevo anche l'approvazione della diretta interessata. Le nostre lettrici avrebbero finalmente conosciuto la vicenda che si nascondeva dietro gli occhioni blu della Barbie, la bambola adulta più famosa del mondo. Avrebbero scoperto che ideare un successo planetario come quello richiedeva una mente superiore, eclettica, capace di coniugare la bellezza esteriore con la realizzazione tecnica, i contenuti del messaggio con la fattibilità dell'investimento, la conoscenza del proprio pubblico di riferimento con la gestione di una squadra di esperti fra i più qualificati al mondo.

Ruth Handler era stata tutto questo e l'aveva fatto tra una gravidanza e l'altra, a ridosso della Seconda Guerra Mondiale, puntando i piedi contro chi non vedeva l'eccezionalità della sua idea. Donna sola in un mondo di uomini, coalizzati nella convinzione di saperne più di lei. Aveva saputo aspettare, senza lasciarsi scoraggiare, fino a cogliere il momento favorevole per sferrare la sua arma da maestra e mettere a segno il colpo vincente che le aveva regalato una straordinaria ricchezza e una fama grandiosa, anche se per interposta persona, attraverso la sua iconica Barbie. Una donna che aveva affrontato l'inferno della malattia e aveva saputo uscirne, riuscendo perfino a trarne qualcosa di positivo per se stessa e per tutte le altre malate come lei.

Era mia intenzione renderle giustizia, finalmente, trascinare fuori dall'oblio il suo nome sconosciuto ai più, legandolo indissolubilmente a quello della sua famosissima creatura, nella speranza di un po' di riconoscimento anche per lei. Glielo dovevo, visto quello che la Barbie aveva rappresentato per me.

Il mio articolo uscì, nella veste migliore che fosse mai stata studiata dal nostro giornale, corredato da foto e documenti fornitici dalla Mattel, ed ebbe il seguito che avevo immaginato, il successo annunciato di un lavoro che avevo inseguito per anni, pensato notti intere, studiato fin nei minimi dettagli. Ricevemmo complimenti da tutti, fui contattata da televisioni, radio, organizzatori di eventi e fui presa dentro un vortice di impegni che mi impedirono di ritornare a Malibu per la festa di compleanno di Rudy.

Fu un peccato e mi dispiacque moltissimo, e ancor di più mi spiacque perché la mia amatissima Ruth non la rividi mai più: morì neanche due anni dopo il nostro incontro, il 27 aprile del 2002 al Century City Hospital di Los Angeles, dove era ricoverata da diversi mesi per un tumore al colon. Aveva quasi ottantasei anni. Sapere che al mondo non c'era più la sua persona tanto forte e tanto dolce al tempo stesso mi procurò un dolore cocente, fu una pugnalata al cuore e per anni non riuscii più a prendere in mano quegli appunti, quei ricordi che lei aveva voluto condividere con me in una notte magica di quella stupenda estate del 2000.

Sono tornata diverse volte a Los Angeles, portata là dal mio lavoro, sono stata ancora ospite di mio zio Bud, che è sempre lo stesso affascinante farfallone. Ho rivisto i Bogdanovic e la mia cara amica Rudy con il suo piccolo Chou Chou, sempre più carino. Sono stata anche a trovare gli Handler, Barbara e suo padre, il dolce Elliot, rimasto vedovo e da solo, senza la sua adorata consorte. Quel luogo non era più lo stesso senza Ruth, si sentiva la mancanza della sua personalità forte e volitiva, di quella sua energia senza limiti che aveva sempre coinvolto tutti attorno a lei.

Ma ebbe ragione Barbara che, salutandomi, mi disse: «Mia madre non morirà mai, Amanda, perché lei vive attraverso la sua creazione immortale, quella sua bambola adulta che ha voluto con tutte le sue forze far conoscere al mondo. Finché ci sarà Barbie, che porta avanti la sua rivoluzione, Ruth sarà lì con lei, sarà con tutte noi».

Appendice

Intervista esclusiva a Barbara Millicent Roberts, in arte Barbie, rilasciata alla giornalista di «Hello People» Amanda Caesar in una imprecisata notte estiva.

Estate 2024

Amanda Caesar:
Buongiorno signorina Roberts, la ringrazio molto per aver accettato di incontrarmi.

Barbara Millicent Roberts:
Mi chiami pure Barbie. Non c'è di che, Amanda, ero proprio curiosa di conoscerla. Ho letto la storia che lei ha dedicato alla mia creatrice Ruth Handler. L'ho trovata molto interessante, ricca di particolari che non conoscevo.

Amanda:
Ma non mi dica. Com'è possibile? Lei non sa tutto quello che riguarda la sua invenzione e la sua inventrice?

Barbie:
Eh no, non proprio tutto. Alcune cose devono avermele tenute nascoste perché, forse, pensavano che po-

tessi dispiacermene. Non avevo idea, per esempio, che all'inizio Elliot Handler non mi volesse.

Amanda:

E questo l'ha fatta soffrire? Le è dispiaciuto?

Barbie:

No, direi di no. Alla fine, io sono qui, quindi vuol dire che Ruth è riuscita a convincerlo. Semmai mi ha sorpresa parecchio: nel mio mondo Ken non si sognerebbe mai di contrastare una mia idea.

Amanda:

Vero. Nel suo mondo vige il matriarcato. Non pensa che Ruth lo abbia ideato così in contrasto al proprio, di mondo, quello reale, dove di solito sono gli uomini a comandare?

Barbie:

Credo di sì. Il mio mondo è il favoloso universo di Barbie, qui decido tutto io. E comunque, sa, quello che stabiliamo qui ha ben poco di controverso, può essere il tema della prossima festa, la meta della gita del weekend, non c'è molto di cui discutere. Siamo sempre tutti d'accordo sul divertirci.

Amanda:

E sul fronte del lavoro? Nessuna difficoltà? Lei negli anni ha svolto praticamente tutte le professioni esistenti, mi pare che al momento abbia superato quota trecento, giusto? Sempre tutto bene?

Barbie:

Benissimo, direi. Vede, ogni volta che esce una nuova versione di me, quale che sia, sulla confezione è stampato il mio motto: *"You can be anything"* e, di conseguenza, io posso essere tutto: dalla commessa alla manager, dall'astronauta alla veterinaria, io vengo fornita con tutto il know-how necessario. Sono già pronta e non mi manca niente. A proposito, è stata contenta di sapere che Ruth, prima di morire, ha dato precise indicazioni perché il suo desiderio fosse esaudito, Amanda? Io sono diventata Barbie Reporter nel 2010.

Amanda:

Sì, mi creda, sono stata felicissima, anzi, ho pianto per la commozione. Ruth era una donna straordinaria e anche dopo essersene andata è stata capace di rendermi felice. Ora la sua versione di Barbie Reporter ce l'ho sulla mia scrivania in redazione, è sempre con me mentre lavoro. Ma mi dica, come giudica lei il motto che Ruth e Mattel hanno voluto creare per le sue tante versioni? Lei lo sa che in moltissime, me compresa, ci siamo ispirate a quello che lei ci trasmetteva con queste poche parole, l'idea di poter realizzare i nostri sogni più intimi senza lasciarci sopraffare dalle difficoltà o dal pensiero comune?

Barbie:

Non conoscevo tutto del mio prima, della mia genesi, ma il mio dopo, il mio presente e il mio futuro sono ben fissati nella mia mente. So bene quale possa essere il mio ruolo a fianco delle bambine che crescono con me: ho ricevuto milioni e milioni di confidenze da loro, conosco i sogni, le speranze, anche le paure e le sconfitte di ognuna di loro. Sono la confidente, l'amica, una spalla su cui piangere e la compagna con la quale festeggiare un bel risultato. Anche quando crescono e, magari, mi mettono da parte, in qualche scatolone in cantina, mi dimenticano su uno scaffale polveroso o in fondo a un cassetto, io ci sono lo stesso. Passo di madre in figlia, di nonna in nipote, mi sposto da una famiglia a un'altra, da un asilo a una ludoteca, ma resto sempre io, la Barbie del cuore per ogni fanciulla.

Amanda:

Sì, questo posso confermarlo anche io. Senta, lei non si è fatta mancare niente: tra le tantissime professioni, ha anche provato a diventare Presidente degli Stati Uniti! Ma come le è venuta?

Barbie:

È stata un'idea di Mattel, che io ho apprezzato particolarmente. Barbie for President era un progetto molto interessante e articolato. La pubblicità recitava così: "In questo momento particolarmente contestato della politica è bello sapere che c'è un candidato che può piacere praticamente a tutti: esatto, Barbie concorre per diventare presidente! Questa bellissima bambola della linea *Io posso essere...* indossa un tailleur molto tradizionale creato dal designer Chris Ben e appare elegantissima per la sua campagna elettorale".

Il 12 agosto 2004 Mattel annunciò la campagna elettorale per farmi eleggere presidente degli Stati Uniti, rappresentando il Partito delle Ragazze, con un vero e proprio programma politico. Naturalmente, come tutti i personaggi pubblici, che siano in carne e ossa oppure in vinile, come me, i detrattori non mancarono. Fui accusata di contribuire alla deforestazione dell'Amazzonia e venne anche prodotto un video virale nel quale Ken, sconvolto da questa notizia, mi lasciava. Ma era tutto falso.

Amanda:

Comunque, lei ha lasciato veramente Ken nella realtà della vostra vita finta. Il vostro amore, nato nel 1961 su un set televisivo, si concluse il 13 febbraio 2004, dopo 43 anni di fidanzamento, a causa della titubanza di Ken a sposarsi, almeno questa fu la versione ufficiale. Ma nel 2006 siete tornati insieme, per la felicità dei vostri fan.

Barbie:

Mi verrebbe di rispondere con un *no comment*. Tutte le volte che c'è di mezzo Ken, chissà come mai, le cose vengono fraintese, si traggono sempre conclusioni campate in aria, senza prove. Comunque, non importa, il gossip fa parte dell'essere tanto famosi e rientra nel prezzo da pagare. Sì, ci siamo lasciati, e poi ci siamo rimessi insieme, come succede a molte coppie. Può capitare, dopo tutti quegli anni, un momento di stanchezza, ma alla fine quello che proviamo l'uno per l'altra ha prevalso. Ken era rimasto molto male a causa di una mia dichiarazione, del tutto falsa, nella quale avrei detto che lo consideravo il mio Toy Boy. Un'affermazione offensiva, che non avrei mai fatto. Poi ci siamo chiariti ed è andato tutto a posto. E, comunque, non abbiamo nessun matrimonio in vista.

Amanda:

E del film di Greta Gerwig, con Margot Robbie e Ryan Gosling, che mi dice? Lo ha visto, le è piaciuto? Lì c'è un Ken molto diverso dal suo fidanzato.

Barbie:

Mi è piaciuto, sì, ma è pur sempre un film, niente a che vedere con la realtà della mia vita finta. Nel mio mondo non potrei mai avere i piedi piatti, orrore! E non parlerei mai di morte, un argomento che non mi riguarda. Non lascerei mai Barbie Land, e perché dovrei, al di fuori non esiste nient'altro! Riguardo a Ken, non si sognerebbe mai di ribellarsi a me, ma le sembra possibile? Comunque, il film è divertente, lo hanno visto milioni di spettatori e questo mi ha fatto molto piacere, ogni volta che si parla di me sono contenta.

Amanda:

Le ha fatto piacere anche la nascita di quella nuova corrente filosofica che va sotto il nome di Barbiecore, che definisce l'estetica a lei ispirata e fa del suo colore feticcio, il rosa, la nuova icona femminista?

Barbie:

Sì, perché è un movimento che rivendica il diritto a essere come si vuole. Anche molto femminili, se si desidera. Se ci piacciono il rosa, i tacchi alti, i vestitini, le mini, perché dovremmo negarceli? Perché dovrebbe essere considerato antifemminista depilarsi, truccarsi, piacersi? Non è vero che soltanto sopra la taglia 46 si può essere intelligenti o che chi veste di nero è superiore intellettualmente a chi predilige il fucsia.

Il mio femminismo si sposa con la diversità, l'inclusività, l'essere se stesse. Il rosa, poi, è un colore controverso perché viene abbinato alla femminilità stereotipata, ma non è sempre stato così. Nel Settecento, per esempio, era considerato un colore maschile. La stessa associazione rosa/femmina, azzurro/maschio è recente: nel primo Novecento in America il rosa, in quanto colore squillante, deciso e forte, era destinato ai maschi, il pallido azzurro invece alle femmine. Insomma, non è un colore scontato. Oggi è associato alla ribellione femminile: basti pensare all'uso che ne hanno fatto le Pussy Riot con il loro cappellino fucsia, o ai sari rosa indossati dalle attiviste indiane del gruppo Gulabi Gang dell'Uttar Pradesh.

Io promuovo la massima libertà di espressione: ho sposato la filosofia Yolo, l'acronimo di *You Only Live Once*, "si vive una volta sola", cerca di godertela al massimo.

Amanda:

Mi sembra una bella filosofia. Barbie, lei lo saprà che tra i suoi detrattori c'è l'Arabia Saudita, che l'ha dichiarata fuori legge nel suo paese in quanto non conforme ai principi dell'Islam. Il Comitato per la Prevenzione del vizio scrive: "Con i suoi abiti succinti e le sue pose peccaminose, Barbie è il simbolo della decadenza del perverso Occidente. State in guardia da lei".

Barbie:

Sì, me lo hanno detto. Ma non mi tocca, in quei paesi vanno per la maggiore altre bambole, molto diverse da me. Me ne farò una ragione.

Amanda:

Lei, però, ha nemici anche in Occidente. Una delle critiche più frequenti che le muovono è che lei veicola un'immagine della donna anatomicamente poco credibile, con il rischio che le bambine aspirino ad avere il suo tipo di fisico e arrivino facilmente all'anoressia. Sono moltissime le ragazze in ogni parte del mondo che vogliono essere come lei, e che si sottopongono perfino a interventi chirurgici per riuscire ad assomigliarle. Come Valeria Lukyanova, la modella russa che si è guadagnata il titolo di Real Barbie Doll, la bambola umana. Si dice che sia arrivata a togliersi due costole, pur di assottigliarsi la vita.

Barbie:

Queste sono leggende metropolitane. Valeria l'ho conosciuta e ha smentito tutto. Semplicemente mi assomiglia ed è molto brava a truccarsi da bambola. Io, poi, propugno un'alimentazione sana ed equilibrata, con le mie amiche organizziamo barbecue, pic-nic e feste di compleanno dove mangiamo di tutto. Le diete non fanno per noi, sono tristi. Tante donne in tutto il mondo hanno problemi con il loro fisico: non posso credere che una bambola sia la causa di questo malessere diffuso.

Amanda:

A questo proposito, recentemente hanno debuttato sul mercato delle versioni di lei che rappresentano le donne di tutto il mondo, con differenti tonalità di pelle, costumi e forme del corpo, comprese tre taglie differenti, con capelli di diverso colore, lunghi, corti o calve, con la vitiligine, con arti artificiali o in sedia a rotelle. Una varietà straordinaria.

Barbie:

Certo. È l'inclusività di Barbie voluta da Mattel. Di questo sono particolarmente felice, perché è un tema che mi è molto caro e che sento parte del mio essere più profondo, credo che sia stato inserito nel mio DNA. Probabilmente proprio dalla grande Ruth Handler, che è stata un'antesignana dell'inclusività.

Lo sa che nel 1951 la National Urban League, l'organizzazione per la difesa dei diritti civili negli Stati Uniti d'America, premiò gli Handler per la loro politica non discriminatoria nelle assunzioni? Tra i loro dipendenti alla Mattel c'erano donne e uomini in ugual misura, bianchi e neri, etnie differenti; il metro di valutazione era il merito, non la provenienza, il sesso, l'età o l'aspetto fisico.

Si dice che non si possono scegliere i propri genitori, nel mio caso i propri creatori, bisogna prendere quello che ci ha riservato il destino. Ma io sono stata davvero fortunata, non avrei potuto avere di meglio. Ruth è stata una donna mitica. Anche nell'affrontare la malattia è stata un passo avanti a tutti, ha saputo trarre insegnamento da quell'evento tragico per creare qualcosa di buono che aiutasse tutte le donne in quel frangente.

Una Wonder Woman, Ruth. Grazie di avermela fatta conoscere meglio, Amanda.

Amanda:

Grazie a lei, cara Barbie. Non ha idea di cosa abbia significato per me averla nella mia vita, nella mia infanzia e poi nell'adolescenza. E, sa una cosa, lei ancora mi ispira quando mi guarda dalla sua postazione sulla mia scrivania. Ci crede?

Barbie:

Ci credo, sì, anzi, più che crederci, lo so per certo. Ricordo le confidenze di tutte le mie bambine, le conservo dentro di me, dal 1959 fino a oggi. Comprese le sue. Milioni di pensieri, speranze, progetti. Si domanda come sia possibile? Be', ma lo sanno tutti che la bambola Barbie è un po' magica.

A proposito: io lo conosco quel suo sogno rimasto chiuso in un cassetto per tutto questo tempo. Ora è venuto il momento: ascolti il suo cuore, Amanda, lo scriva quel libro!

Nota dell'Autrice

Ho scritto un romanzo dalla triplice anima, che ha richiesto tre approcci molto differenti fra di loro e spesso antitetici: uno di faticosa indagine giornalistica, uno di stretta autobiografia e, infine, uno di pura invenzione.

Di Ruth Handler si sa molto poco, è sconosciuta ai più perfino nel suo paese di origine, gli Stati Uniti. Trovare informazioni dettagliate su di lei è stata un'impresa titanica, solamente per conoscere il suo indirizzo o trovare il nome dei suoi fratelli e sorelle ho dovuto scomodare l'anagrafe di Denver, con tutti gli annessi e connessi fatti di mail inviate a cui non è mai arrivata una risposta, solleciti accorati da parte mia e infine poche sparute notiziole, divenute per me preziosissime.

L'insieme di queste lunghe indagini mi ha permesso di dare alle lettrici e ai lettori un quadro veritiero della vita di Ruth e delle profonde difficoltà che ha dovuto affrontare nella sua incredibile esistenza di moglie, madre e donna imprenditrice in un mondo dominato dal decisionismo maschile, che lei ha saputo gestire in maniera intelligente, senza mai prendere di petto gli altissimi muri che le si paravano davanti. Ho scoperto una donna straordinaria, capace di attendere con pazienza il momento adatto per puntare i piedi e far valere le proprie convinzioni, che hanno portato la Mattel alla notorietà e al successo che tutti conosciamo. Se oggi tutto il mondo ammira la Barbie, la rivoluzionaria prima bambola adulta che, a distanza di oltre sessant'anni, rappresenta ancora un successo planetario ed è considerata un'icona globale, gran parte del merito va a lei, alla caparbia Ruth Handler che non ha mai mollato.

Mi è venuto decisamente più facile intrecciare la vita di Ruth con quella della mia protagonista, la giornalista Amanda Caesar, nella quale ho fatto confluire importanti elementi autobiografici: l'episodio che racconto nel prologo, la Barbie ricevuta in regalo dal papà appena rientrato da Los Angeles, è assolutamente vero, mi è capitato esattamente come l'ho descritto. È vero anche lo zio Bud, in tutto e per tutto, comprese le sue improbabili camicie hawaiane e i suoi straordinari vicini di casa, i Bogdanovic. Ma, soprattutto, è vero il sentimento di amore infinito che prova Amanda per Barbie e che anche io ho riversato da piccola su quella signorina di plastica così elegante nel suo costume da bagno zebrato, che ho tenuto con me per decenni, anche quando sono diventata una donna e con le bambole non giocavo più. La Barbie Reporter, apparsa nel 2010 proprio quando io ero all'apice della mia carriera giornalistica, fa tuttora bella mostra di sé sulla mia scrivania, anche in questo momento in cui sto scrivendo. È vero, è solo una bambola, ma contiene in sé il germe di quella forza di volontà che la sua creatrice ha saputo infonderle e che io, anche quando non ne conoscevo ancora la genesi, avvertivo in maniera inconscia.

Divertentissimo è stato, infine, costruire la narrazione romanzata, cercare l'escamotage creativo che facesse da fil rouge tra la biografia di Ruth e la mia e che mi permettesse di affrontare in maniera piacevole la descrizione dei fatti che hanno portato alla creazione della Barbie. È nata così l'idea del viaggio di Amanda negli Stati Uniti, alla ricerca di Ruth ma anche di se stessa: l'intervista alla creatrice della Barbie fa da contraltare a una nuova e profonda consapevolezza di sé, che porta Amanda a salire di livello nella propria autostima e a immaginarsi in futuro, chi lo sa, magari scrittrice di successo. Amanda, delusa dall'amore di coppia e dedita anima e corpo al proprio lavoro, troverà grazie all'incontro con Ruth quelle ragioni profonde che ha tenuto sopite dentro di sé e che saprà far riaffiorare.

N.B.: Riguardo all'intervista realizzata da Amanda Caesar con Barbie, non ho alcuna informazione da dare. Me la sono ritrovata nel computer, magicamente, e ho deciso di fare un copia/incolla delle dichiarazioni rilasciate spontaneamente dalla bambola, affinché anche voi, lettrici e lettori del mio romanzo, possiate trarne le vostre conclusioni.

Io, per quello che mi riguarda, devo ringraziarla con tutto il cuore, la mia cara Barbie, perché in fondo è stata proprio lei a darmi il coraggio di intraprendere questa avventura letteraria e scrivere questo libro sulla grande Ruth Handler.

Ancora una volta, è stata lei a dirmi: "*You can be anything*".

Bibliografia

JEAN F. BLASHFIELD, *Women Inventors: Margaret Knight, Cynthia Westover, Elizabeth Hazen, Rachel Brown, Ruth Handler*, Minneapolis, Capstone Press, 1996.

TARA BROECKEL OOTEN, *Female Force. Ruth Handler, Creator of Barbie*, Vancouver, Bluewater Productions, 2011.

CHARLES CAREY JR. - HARRY HENDERSON, *American Inventors, Entrepreneurs, and Business Visionaries*, New York, Facts On File, 2020.

MARY CROSS, *100 people who changed 20th-Century America*, 2 voll., Santa Barbara, ABC-CLIO, 2013.

ROBIN GERBER, *Barbie Forever. Her Inspiration, History, and Legacy*, New York, Epic Ink, 2019.

RUTH HANDLER - JACQUELINE SHANNON, *Dream Doll. The Ruth Handler Story*, Stamford, Longmeadow Press, 1994.

ORLY LOBEL, *You Don't Own Me. Mattel v. MGA Entertainment exposed Barbie's dark side*, New York, W.W. Norton & Company, 2018.

LEE SLATER, *Barbie. Ruth Handler,* Minneapolis, ABDO Publishing Company, 2022.

TIM WALSH, *Timeless Toys Classic Toys and the Playmakers Who Created Them,* Kansas City, Andrews McMeel Publishing, 2005.

Ringraziamenti

Per la seconda volta mi ritrovo a ringraziare con tutto il cuore la squadra di Morellini Editore, con il quale ho pubblicato il romanzo *Alicia Rovira Arnaud. La governatora di Clipperton* nel 2022.

Anche in questa occasione l'incredibile vicenda di Ruth Handler, illuminata imprenditrice e creatrice della prima bambola adulta, la mitica Barbie, trova voce all'interno della stupenda collana di romanzi dedicati alle donne "Femminile Singolare", diretta da Sara Rattaro e Anna Di Cagno. A loro va il mio sentito grazie per questa seconda piacevolissima opportunità. In particolare, ringrazio Anna Di Cagno per aver ragionato con me a lungo sulla via da percorrere per raccontare al meglio questa vicenda all'apparenza leggera ma, in realtà, carica di significati molto profondi. Un percorso creativo denso di difficoltà di ogni genere, non ultima la incredibile assenza di informazioni.

Il mio grazie più sincero va a Mauro Morellini, editore di rara profondità, che anche in questo caso mi ha ascoltata con grandissima attenzione mentre peroravo la causa di questa mia scelta. Lo confesso, ero un po' timorosa che giudicasse la storia della nascita del fenomeno Barbie come qualcosa di frivolo e poco attinente alle sue linee editoriali, ma mi sbagliavo, perché Mauro ha colto immediatamente le profonde implicazioni che sottendono il successo planetario della famosissima Barbie Doll.

Infine, ringrazio come sempre la mia famiglia, in particolare mio figlio Leonardo e mia nuora Athena, perché il loro amore e il loro supporto non mancano mai in qualsiasi azione io intraprenda nella mia vita, rappresentando una costante fonte di forza e serenità. Grazie con tutto il cuore.

La copertina

Ogni bicchiere è fatto per raccogliere un liquido, che è il simbolo della vita stessa, quindi nulla come un bicchiere mi ricorda il corpo di una donna: elegante e trasparente, da maneggiare con cura.

Ogni donna ha il suo bicchiere per fattura e sfumature e io vedo Ruth come colei che ha saputo cogliere delle donne la parte più femminile e restituirla senza pregiudizi. Una serie sconclusionata di oggetti, che possiedono il dono del sogno, come metafora di una vita tutta in divenire.

Barbara Uccelli

Indice

Nella stessa collana

Nicoletta Sipos
Colette. Un sogno audace

Elena Mora
Wallis Simpson. Una sola debolezza

Laura Avalle
Lucia Bosè. L'ultimo ciak

Anna di Cagno
Gala Éluard Dalí. Per interposti uomini

Laura Guglielmi
Lady Constance Lloyd. L'importanza di chiamarsi Wilde

Antonella Grandicelli
Sylvia Plath. Le api sono tutte donne

Lucia Tilde Ingrosso
Anna Politkovskaja. Reporter per amore

Sara Gazzini
Laura Antonelli. L'amore, l'incanto, l'oblio

Paola Cadelli
Rosalind Franklin. Ho fotografato il DNA

Simona Capodanno
Alicia Rovira Arnaud. La governatora di Clipperton

Luca Berretta
Hilla Von Rebay. La donna dell'arte

Chiara Ferraris
Lady Montagu. Le cicatrici del cuore

Adriana Pannitteri
Raffaella Carrà. La ragazza perfetta

Francesca Cosentino
Stella Benson. La cacciatrice di parole

Arianna Destito Maffeo
Bonnie Parker. Un destino chiamato Clyde

Silvia Sanna
Grazia Deledda. Il cuore scalzo

Franca Pellizzari
Rose Valland. Monuments woman

Emilia Covini
Virginia Apgar. L'intuizione geniale

Massimo Salomoni
Maria Gaetana Agnesi. L'Avversiera

Stefania Colombo
Jeanne Hébuterne. La luce Modigliani

Per accedere ai contenuti collegati a questo libro è sufficiente utilizzare il QR code in quarta di copertina e qui sotto, o inserire la URL:

https://bit.ly/4ewauBt

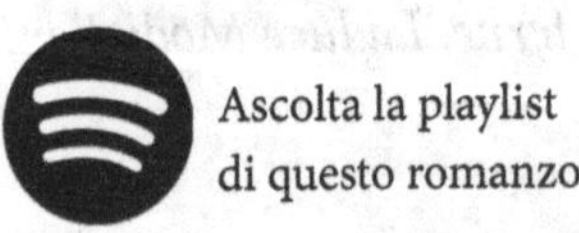

www.ingramcontent.com/pod-product-compliance
Lightning Source LLC
LaVergne TN
LVHW031344150826
845673LV00009B/2856

* 9 7 9 1 2 5 5 2 7 2 0 9 0 *